莫言 | 主要作品

红高粱家族
天堂蒜薹之歌
十三步
酒国
食草家族
丰乳肥臀
红树林
檀香刑
四十一炮
生死疲劳
蛙

○●○

白狗秋千架（小说集）
爱情故事（小说集）
与大师约会（小说集）
欢乐（小说集）
怀抱鲜花的女人（小说集）
战友重逢（小说集）
师傅越来越幽默（小说集）

○●○

姑奶奶披红绸（剧作集）
我们的荆轲（剧作集）

Winner of
the Nobel Prize
in Literature

梦境与杂种

莫言中篇小说精品系列

梦境与杂种

目录

梦境与杂种 / 001

幽默与趣味 / 068

模式与原型 / 140

父亲在民夫连里 / 211

梦境与杂种

一尊塑像是一件艺术品，而一个裸体女人则根本不是，莫洛亚先生嘴里叼着黄杨木烟斗对我的父亲说，爱情只能存在于我们的梦境中，一切将拉回到真实的领域的东西，一切使人的官能得到满足的东西，都使爱情毁灭。正午的阳光倾斜到我们家的院落里，在稀疏的杏树叶子造出的淡薄阴影里，我父亲坐在自己的鞋子上，似懂非懂地听着来自不知何国的莫洛亚先生用蹩脚的汉语表达出来的思想。你明白了没有？莫洛亚先生问。我父亲垂着头，瞅着摆在他眼下的那十个青色的脚指甲，考虑了几分钟，然后就用犹豫不决的腔调说：照您的看法，孩子是必须送进学堂里，之后才可能有出息了？莫洛亚坚决地说：是的，毫无疑问是这样的。

莫洛亚先生吃过了晚饭，带着我母亲烙出来的十几张大饼和一捆大葱走了。我们一家人把他一直送到河堤上。他是背对着十五的月光走的。他的腿很长，走路的姿势显得笨拙难看，仿佛一只生病的马，渐渐地消逝在月光昏迷的暗夜里。他走了，就像他永远不再出现在我们生活中，就像我们永远不能与他共进辛辣的晚餐一样，但他腋下散发出的那股野狐狸的腥臊之气却在我们的村庄里、在我的记忆里久久翻腾。

莫洛亚的话不会错的，父亲对祖母和祖父说，既然连莫洛亚都劝我们把孩子送去学堂，我们有什么理由不把孩子送进学堂，莫洛亚可是有地位的洋人哎，他的话不能不听，爹，娘。我父亲耐心地对我祖父母说。

我看到月光从天上洒下来，照耀着祖母手中的牛骨纺锤。那东西在祖母的手上，带着一根羊毛线，做着杏黄色的旋转。她的脸模糊不清，很难看见她对我父亲的话的反应。我祖父呼吸很重，看样子在生闷气。我听到父亲又说：既然爹和娘没有意见，那么明天我就送树根去上学了。

祖父终于发言了：上学，学什么？我没上过学，不也照样地吃饭穿衣睡大觉吗？

祖母立即帮腔：你让他去上学，那两只绵羊让谁去放？这个洋鬼子，麻袋一样的肚皮，吃了还不算，还要带了走。

父亲说：既然连莫洛亚都说了，咱不能不顾忌一点面子，那两只羊，就委屈一点，让树根早起割草喂它们，放学后再去放牧它们。一天到晚在野地里窜跑的羊儿，肥得并不快。

祖父母不吭声了，成群的蚊虫从四面八方围上来，发出嗡嗡的狂叫声，祖父手里的蒲扇啪啪地挥动着，无疑是在借此发泄对父亲、对我、也对那位在村西教堂里任职的莫洛亚的不满。

第二天清早，父亲送我去学堂。走出大门时，我看到那两只拴在墙边木桩上，被祖父母视为掌上明珠的白绵羊正在吃一堆沾着露水的青草。它们抬起头，用阴沉的蓝眼睛看着我。它们身上的毛刚刚被祖母用剪刀剪过，裸露着粉红色的皮肤，但它们头上的毛、腿上的毛、尾巴上的毛都没剪，所以显出了难看和古怪。两只羊一公一母，原本是同胞兄妹，但它们干乱伦的事已经很久，幸亏是羊，如果是人，怕早被村民们用砖头砸死了。于是我立刻便想起了薛家家族中的尊长把本族中一对乱了伦常的男女身上绑上古磨盘沉入青草湖中的情景。那对男女一言不发，怒气冲冲，两副视死如归的面孔。喂羊的青草一定是我母亲起大早割回来的，因为我看到母亲的裤腿上和鞋子上沾满了泥水。

走上河堤后,我一眼就看到祖父站在河边,用一扇大兜网,一下一下地扫荡着河边水草繁茂的水面。我知道祖父在捞虾子,捞那种青色的小虾子。那种虾子经热水一烫,立即就变成橘红的颜色,味道十分鲜美。我没有资格吃祖父捕捞的虾子。他捞的虾子只供他自己享用。但我经常利用祖母疏忽的机会,偷食祖父的虾子。虾子的尖嘴和须毛摩擦着我的口腔时,那种由此引发的快乐无法形容。有一次我食虾子被祖母当场抓获,祖母毫不客气地扼住了我的喉咙,逼我把口中的虾子吐出来。她的狰狞的面孔正对着我的脸,她的声嘶力竭的恫吓震动着我的耳膜,她的冰凉的手指卡着我的食管。但我下决心不把进口的虾子吐出来。她甚至把一根手指伸到我的嘴里去抠那些虾子,我轻轻地咬了一下她的手指,给了她一个警告。然后,趁着她手指松动的那一瞬间,我把口腔中的虾子咽进了肚子。我清楚地感觉到我的正在发育的身体和我的正在扩大体积、加深沟面的大脑需要蛋白质和其他营养。我感到每吃一捧虾子我的体内便产生一阵热烘烘的暖流,这是生命膨胀的感觉,细胞分裂增殖的声音如雨打乱草一般刷刷啦啦地响着。每吃一虾子,我便增长一虾子肉体,增加一虾子智慧。在虾子的滋养下，我的做梦的本领更加成熟了。

大概在我五岁的时候，在一个炎热的夏天的中午，我躺在热如煎饼鏊子的炕上睡觉。睡梦中我看到院子里的水缸无声无息地碎了，缸里的水汹涌地四处奔流，缸中养着的两只绿毛大螃蟹随水涌出，在潮湿的泥土中爬动，也是在缸中养着的那两条青背鲫鱼在泥巴水中弹跳，一只红色的公鸡奓着羽毛，歪着头，啄鲫鱼的眼睛。我一骨碌从炕上爬起来，冲到院子里，我的快速行动把正在堂屋里用艾蒿熏蚊蝇的母亲吓了一跳。母亲大喊：树根，你干什么去？

我说：水缸破了。

我一语未了，院里的水缸随即破了。所有的景象与我梦中的景象相同。

母亲惊愕地看着这一切。她拾起一块碎缸片看看，目光中流出狐疑和迷惘。祖父和祖母也闻声而至，都铁板着脸，责我打破水缸的罪过。母亲为我辩解。但她的辩解碰到祖父母铁一般的逻辑上，显得软弱无力。祖母气汹汹地指点着我母亲的额头说：不碰它它如何会破！护孩子不是这个护法，俗话说得好：惯子如杀子！

母亲只好忍气吞声了。我刚想替母亲也替我自己辩解，父亲好像从天而降，插在了两个阵营之间，在祖母的阴险的煽动下,他赏了我一脚一巴掌,又赏了母亲一脚。母亲捂着脸哭了,我没有哭,我感到心中燃起了怒火,我咬牙切齿地骂道:总有一天我要向你们讨还血债,千刀万剐了你们这些坏家伙。

我的话骂出口,母亲竟然也赏给我几巴掌,不是装模作样地打,而是真打。我分明地感到她的手骨被我的头骨反弹回去。我心中百感交集,一时不知道究竟谁是我的敌人谁又是我的朋友。

当天夜里,在点燃的蒿子散发出的烟雾中,我蜷缩在炕角上,咬着牙根恨人。我听到母亲叹息一声,并随即感到母亲布满茧子的手伸到我的头上。她的手摩擦着我的头皮,嚓嚓响。于是,母亲退出了我的敌人的阵线,与我站在了一边。母亲说:

树根,我的儿,再也不要瞎说。他们是你的祖父母,你要孝敬他们,否则,天要用雷电轰你。

可是,母亲,您是亲眼看到的,那水缸并不是我打破的呀。

你果真在梦中看到了那水缸破裂的情景?

母亲,我没有骗你。

母亲不说话了。我虽然闭着眼,也能看到母亲在黑暗中盯着黑暗沉思。

母亲说：儿啊，你帮娘梦一梦，看看去年我们家丢失的那五个饽饽被谁偷去了。你记得不，为那五个饽饽，我承受了多大的委屈。你祖母至今还咬定那五个饽饽被我偷吃了。

好，我答应了母亲。我将用自己的梦为母亲洗刷清白。

这夜里我果然梦到了那五个饽饽，它们是被一只黄鼠狼弄到院子正南靠着杏树的那个陈草垛里了。黄鼠狼用尖尖的嘴巴拱着团团旋转的饽饽，四条粗短的小腿笨拙又麻利地挪动着。我把梦中情景对母亲讲述了一遍，母亲说：

树根，这事儿你对谁也不要提起。

几天后，母亲对祖母说：那垛陈草，该倒一倒了，要不就烂掉了。

祖母不满地说：你早就该倒，我天天闻着那烂草的味道，但强忍着不说，省得得罪了你。好像这日子是为我过的一样，我能活几年？一撒手一闭眼，一个铜板也带不到阴曹地府，所以呀，糟蹋了也是你们的，积攒了也是你们的，从今之后，我不与你们积恶为仇，也免得让你那宝贝儿子成了大气候回来将我千刀万剐。

母亲连声赔不是，说树根小孩子，不知从什么野孩子那里学来几句匪话，胡乱运用，其实他并不知道这些话的意思。

祖母却说：好了，倒草去吧！任你是巧嘴的鹦鹉，也说不破我心中的潼关！我心里像明镜一样。

祖母狠狠地斜了我一眼，我感受到了她对我的刻骨仇恨。

母亲揭掉草垛上那腐朽的苫片，一股股的蒸汽冒出来。那些陈年的麦草结成了个，一块块，宛若破毡。

果然，母亲从草垛的中央翻出了一堆长了绿毛的饽饽。其中一个还完整着，其余的已被那小兽的牙齿啃嚼得七零八碎。母亲立即惊呼起来：

婆婆呀，你快来看。

祖母极不情愿地走过去，还问：

让我看什么？

她随即便看到了，然后阴沉着脸，一声不吭地回屋里去了。

我看到母亲脸上飞扬着神采，眼睛里饱盈着泪花。我心中也跳跃着欢欣鼓舞的情绪，我终于为母亲平反了冤案，靠了我做梦的奇艺。但愿这奇艺永远伴随着我。但我的祖母又如一股黑旋风从屋子里转出来，她用令人难以忍受的嘲讽口吻说：

谁又能保证不是贼偷了藏在这里的呢?

这无疑是直指母亲是贼了,我愤怒地说:

我梦见了,是黄鼠狼偷的!

好大一个黄鼠狼!祖母说,我活了七十年,还没见过两条腿的黄鼠狼呢!

简直就如梦话一样,母亲面前的乱草拱动起来,一匹硕大的黄鼠狼钻了出来,似乎对着祖母点了点头,然后一溜烟地沿着墙根走了。

祖母一屁股坐在地上,嘴里叨咕着:

黄大仙恕罪,黄大仙恕罪。

母亲赶紧扔掉手中的草,用一双黑手把祖母架起来,扶到屋里去。我原本以为母亲会对祖母展开猛烈反击,杀杀她的威风,让她在铁一样确凿的事实面前低下头去。但想不到母亲的态度较之从前更加谦恭,好像受冤屈的不是她而是祖母一样。这令我感到困惑也感到失望。

母亲对我说:儿啊,你还小,不懂事。

在黄鼠狼出去之后的一段日子里,我感觉到祖父母对我的态度有了些许改变。尤其是祖母,再也不敢肆无忌惮地欺负我了,就像我是一个通晓巫术的小妖精一样。我想也是在这种有利的形势下,父亲才为我争取到了进学堂念书的机会。

祖父站在河边捞虾子,从他的背上,我知道他已经看到了我们。父亲拽着我跌跌撞撞地走下河堤的慢坡,站在湿漉漉的沙地上,说:

父亲,我送树根上学去了。

祖父唔了一声,胳膊一努力,将那张大肚兜子的捞虾网逆着水流的方向抢了半圈。网后水草摇动,泛起一股浑浊的泥浆。我看到网兜里纷纷跳动着一些青得透明的虾子,蹦蹦跳跳的感觉在我口腔里活跃起来。

父亲又毕恭毕敬地重复了一遍送我上学的话。

祖父慢条斯理地将网中的虾子倒出来,装进他脚边的一只蒲草包里,然后,不得不回头似的回过头来看了我一眼,说:

上就上去吧!不过人的命由天定,胡思乱想不中用。

父亲说:沤他一年半载看看,也算尽了心,天开眼让他有一星半点子出息,也不枉您疼他一场。

祖父不耐烦地挥挥手,说:

去吧去吧,别耽搁我干活。

我十分留恋地看着蒲包中那些跳跃不止的虾子,喉咙痒痒,恨不得伸手过去,抓一把活虾子,生吞下去。

祖父仿佛看透了我的心思似的,擒起蒲包,伸到我面前,他用力猛烈,蒲包几乎撞到了我鼻尖,祖父冷冷地说:

要吃就吃吧!

我不想去看祖父的脸色也不想去看父亲的脸色,我只顾念着蒲包中的虾子,祖父和父亲对我的蔑视、嘲弄与虾子相比,实在算不了什么。只要有虾子吃,就是做狗也无妨。

我毫不客气地把手伸进祖父的蒲包,抓了一把蹦蹦跳跳在手中,迅速地掩到嘴巴中,奇妙的感觉迅速传遍我的全身。我又伸手抓了一把,急不可耐地要往口腔里塞,这时父亲紧紧地攥住了我的胳膊,把我拖上了河堤。

你为什么要吃生虾子呢?父亲不解地问我。

现在回忆起来父亲的问话,我感到他十分愚蠢。吃虾子难道还要分生熟?吃虾子难道还要问个为什么?

当时我因为嘴里塞满虾子,没有办法回答父亲的问话。父亲推搡着我,让我赶快把嘴里的那些玩意儿咽下去。不知不觉中,我跟着父亲到了村西头教堂。在堤上我早就看到了教堂的房顶上那个高高竖起的十字架了,这个特殊的标志物使我们这个苍老的村庄增添了许多生气蓬勃的感觉。我们对它熟视无睹,但外人一见到它,就要驻足仰望,且脸上露出讶异之色。

在教堂门口,父亲用食指在胸口画了一个十字,口宣一声"亚门"。他是村里最虔诚的耶稣教徒之一,也是传教士莫洛亚的好朋友。

莫洛亚站在教堂的门口,用一脸愚蠢的笑容迎接我们,他高兴地拍拍我的脑门,说:

树根,我和你妈妈睡觉的,幸福的羔羊,终于来了。

我以牙还牙地说:

莫洛亚,我和你奶奶睡觉的,你这个幸福的老山羊。

莫洛亚怔怔,随即拊掌大笑起来,那两撇八字胡尖儿在他的笑声中颤抖,父亲跟随着嘿嘿地傻笑。

莫洛亚把我送到学堂里,所谓学堂,就是教堂西侧那两间厢房。原来里边盛放过什么我不知道,现在是收拾干净了,摆了十几张木板子桌椅,顶头的墙上挂了一块用锅底灰涂黑了的木板。已经有六七个与我差不多大的孩子在里边了,门口站着一位长头发的、面色苍白的青年迎我们。莫洛亚说:这是你们的老师,上海圣约翰大学毕业的高才生。

接下来举行了开学典礼,出席者有小学名誉校长莫洛亚,有村中名人薛财主薛大爷,有狗肉铺子的掌柜胡思念。莫洛亚让我父亲到教堂大门口去放了一挂鞭炮,招徕了前来看热闹的乡民,乡民中小孩子很多,但多半都背上驮着弟弟或是妹妹。与他们相比,我感到了自豪。

鞭炮过后,莫洛亚庄严宣布,玛丽亚小学正式成立并开学了。第一项议程是一齐起来唱赞颂上帝的歌曲,莫洛亚他们都热泪盈眶地唱着,好像那个身上滴着血的老头子果然就悬在我们头上倾听着他们的歌声似的。

典礼完毕,莫洛亚与村里头面人物到正厅里去了,剩下我们几个顽童与那位长发白面先生。他未说话之前先捂着嘴巴咳一阵,然后把手掌摊开给我们看。我们看到他的掌心里有一些猩红的血。他说:

你们都看清楚了没有?我是带着沉重的疾病来向你们传授知识的,你们如果不能努力学习,实在是对不起我。

我的心中产生了一种温暖的感情,可旁顾那几位同学,他们的脸却都如木头一般,没有丝毫表情。那位后来当了县税务局长的李栋材放了一个屁,引起了一阵笑声。教师的脸上立刻就表现出痛苦不堪的表情。我觉得李栋材的行为不好,但那小子身高马大,手爪子凶狠,干起架来我不是他的对手,否则我必会奋勇地扑上去,揪住他的头发,打他个鼻青眼绿,然后剥下他的裤子来,挖一团泥巴,糊住他的屁眼,借以报答教师吐到掌心里的那口鲜血。

同学们安静。陈老师平息了骚乱,拿起一节黄颜色的粉笔,在黑板上写了三个大字:陈圣婴。

教师指着那三个大字说:这就是我的名字。陈、圣、婴,意思是说,我是姓陈的上帝的婴孩。你们都进过教堂望过弥撒吧?在主的上方,有几个长着翅膀的小男孩。那就是我。

同学中有人冷笑。教师说:不要笑,这是真的,我昨天夜里梦到我在上帝身边飞翔。

教师让我们各报名字。于是李栋材张立身王阿宝郭进财一阵乱纷纷。我说我叫树根。

教师笑着说:就你的名字别致。你是什么树根?

我说:柳树根。

教师说:妙哉!

妙哉完后,长着肉翅膀的圣婴陈教师开讲,庄严的表情和神秘的话语被他的咳声和血迹污染得苍蝇飞来飞去,教室里弥漫着甜丝丝的血腥味儿。我们慢慢地厌倦起来,苍蝇的翅膀上的金光闪闪的斑点眩晕了我们的头脑。我陷入梦境中,看到肉翅膀的小孩子站在十字架上撒尿。莫洛亚先生蹲在他的奶羊身后挤羊奶。陈圣婴一阵激烈的大咳振奋了我们的精神,我看到他的脸像黄金一样,嗅到了他的黑洞洞的嘴巴里泄露出来的铜锈的腥味。他一只手捂着胸,一只手无力地挥动,说:走吧,都走吧,放学了,都回家吃饭去吧。他的脸上有一种烦透了我们的表情。我们比你更烦,于是便一拥而出,嘴里嗷嗷叫嚣。

在教室的墙外,果然看到身材高大的莫洛亚先生蹲在他的奶山羊的身后,左手端着一个洋瓷缸子,右手挤着奶羊的肿胀了似的淡黄色大奶头。白得有些发蓝的奶汁哧哧响着,一股股射到缸子里去。这老洋鬼子干得聚精会神,连头也不回。灿烂的阳光照着他的背和头颈。一些黑色的汗水洇湿了他脊背上的麻布长衫,他头上弯曲的白毛亮晶晶的,脖子赤红,呼哧呼哧的喘息声从他的头里发出来。那匹奶羊叉着两条细长的后腿,弓着腰,翘着三角形的尾巴,暴露着粉红的脐子,它的头侧着,用阴森森的、老女人一样的目光看着莫洛亚先生。有时它还略微抬高一下眼睛,看一下我们,似乎传达一种对我们不屑不顾的蔑视。缸子里的奶渐渐多起来,奶汁射入空洞缸子时发出的那种响亮刺耳的声音听不到了。奶汁射入奶汁中形成一个黏稠的小旋涡。那肿胀饱满的奶头渐渐干瘪了，变成了一张抽搐的皮。莫洛亚先生困难地站起来。他站起来时使空气流通加速，一股热烘烘的膻气扑进我们的鼻孔。他转过身，对着强烈的光线眯缝起眼睛，打了一个响亮的喷嚏，缸子中的羊奶荡出来，积挂在他粗大的白色手指上。他把盛奶的缸子倒在另一只手里，伸出鲜红肥厚的舌头，灵巧地舔干净手指，然后他和颜悦色地说：

感谢上帝吧，孩子们。上帝赐给我们阳光、空气，还有这新鲜的羊奶。亚门！孩子们。

他用湿漉漉的手指在胸前画了个十字。

我们也对他"亚门"。

他端着缸子，踉踉跄跄地走了。我一抬头，看到那高耸在教堂顶端的那个银灰色的十字架上，蹲着一匹漆黑的乌鸦。

在我家的饭桌前，祖母不怀好意地问我第一课学到了什么经邦治国的道理。我馋涎欲滴地看着祖父眼前那青花碗里盛着的橘红色的熟虾子，心不在焉地答道：

陈老师说上帝抽下一条肋巴骨，造成了人。

祖母愤怒地说：放狗屁！我跟你说过多少次？没有

十次也有九次，人是女娲娘娘用黄泥巴捏出来的。用肋巴骨能造人，如何能分出公母来？

我对这个人类起源问题丝毫不感兴趣，在我的心里，只有虾子在跳跃。

祖父咀嚼着虾子，说：去这样的学校念书，什么孩子也给糟蹋了。

父亲在胸前画个十字，嘟哝着：主啊，宽恕我们吧！

祖父用白眼斜着父亲，赌气般地把一堆虾子戳到他那深渊一样的嘴里。

这时，梁头上一阵骚乱，抬头看时，一只青色的燕子从巢中翘出屁股来，把一摊白色的热屎屙下来，恰好落在祖母青筋暴凸的手背上。

祖母啐了口唾沫，站起来，去洗手，嘴里唠叨着：吃过饭我就捅了你们。人心不古，燕子也越来越坏了，三皇五帝到如今，燕子从不把屎屙下来，这是怎么说的。

趁着祖父仰脸看梁上燕巢时，我的筷子飞快地伸向那只盛虾子的青花瓷碗。但祖父的动作更快，没容我夹住一只虾子，他的筷子已经准确有力地抽在了我的手背上。

夜里，母亲拍打着我的头说：树根，我的儿，你什么时候才能不馋了呢？

谁也无法理解我对虾子那种亲近的感情，连母亲也不理解。这是我心中的秘密，我像藏匿罪过一样藏匿着它。

……第二天一早我就去了学校，未到校门就碰上了一日同学赵忠良。他慌慌张张地说：快回家去吧柳树根，陈先生陈圣婴夜里死了。

我不信，跑到教堂院里去看，果然看到陈圣婴直挺挺地躺在墙边一棵槐树下，脸上蒙着一张白纸，成群的红头苍蝇在他的四周飞动。

莫洛亚先生一见我，急火火地说：树根，快回家找你父亲来，就说陈老师死了，让他召集些人来办理后事。

……树根，树根，醒醒，该去上学了。

我看到母亲站在炕前，轻声地呼唤我。母亲身上散发着清新的露水味儿和苦涩的青草味儿。我知道母亲把羊草割回来了。我搓着眼睛，惊恐不安地回忆着梦中的情景。我把嘴附到母亲耳边，悄悄地说：我梦见陈老师死了，躺在教堂院子里的槐树底下，脸上蒙着一张白纸，红头苍蝇在他身上飞。

母亲的脸色变了，严厉地说：胡说什么，你一眨眼就胡说。

我也希望这是胡说。如果这个梦也应了验，我的上学生涯不就结束了吗？那样我又得整日牵着那两只羊在草地上混，那样我出头成龙的日子永远也不会到来，那样我就要永远忍受着祖父母的压迫。

怀着忐忑不安的心情我沿着昨天走过的道路往学校走去，在河堤上又看到如风景般的祖父立在水边，裸着两条鹤式长腿，一下又一下，机械地挥动着他的大兜子网。那些青得透明的小虾子在我眼前跳动着。但是我今天压抑了生吃虾子的欲望，我不敢让我的大腿继续发达下去了。昨天那两大把活虾子，立竿见影地提高了我做梦的清晰度，而且还使我的梦有了物事本身的颜色，草是绿的，花是红的，各种味道在梦醒后尚在唇边缭绕。与我的梦境相比，青天白日的真实生活反倒显得朦朦胧胧地不真实起来。

未进校门我就碰上了一日同学赵忠良，他慌慌张张的，几乎与我撞个满怀，他用衣袖擦一把鼻涕说：

快回家去吧柳树根，陈老师夜里死了。

我进了院子，看到陈老师直挺挺地躺在槐树下，红头苍蝇在他的四周飞行，他的脸上蒙着一张白纸。

莫洛亚先生一见我,急火火地说:

柳树根,快跑回家叫你父亲,说陈圣婴老师死了,让你父亲召集人来商量办后事。

村里人——主要是教徒们,在父亲的率领下,来到院子里,围着陈圣婴的尸体,群嘴亚门,都在胸口画着十字。父亲说:昨天不是还好好的吗?怎么说死就死呢?莫洛亚先生眼泪汪汪地说:他到上帝身边享受永恒的幸福去了,那里是我们每个人的归宿。

大家七嘴八舌地议论了一会,太阳毒辣起来,陈先生的尸体上马上就有了难闻的气味,众多的苍蝇从田野里飞来,造成一种令人心惊胆战的气氛。

不能再拖了,父亲说,大家凑几个钱吧,去买口薄棺材,装敛起来,抬到村西老墓田里埋了吧。

李栋材的父亲反对道:一个陌生人,用什么棺材,买一领苇席,卷巴卷巴抬出去算了。

父亲同意了李栋材父亲的建议,指派人去买苇席,然后,往陈圣婴的尸体喷了一些酒,暂时镇压住臭味,几个人皱着眉上前,将尸体卷了起来,卷紧后,用绳子捆扎住。串上杠子抬起来,往老墓田抬,苍蝇们恋恋不舍地跟着,往活人脸上扑,轰都轰不散。苇席有些短,陈老师的头发垂下来,上面缀满苍蝇。

陈圣婴的葬礼简单朴素，中西合璧。莫洛亚先生为他念了耶稣经，几位村里的老人为他念了超生咒。坟墓合拢后，父亲吩咐我：树根，跪下，给陈老师磕个头。

我皱着眉头表示不情愿。我与他无亲无故，对他也没有什么好感，他的暴死让我不快，凭什么我给他磕头？父亲说：磕吧，一日为师，终身为父。

于是我便跪下磕了一个头。跪在这座新起的坟墓前，我嗅到了新鲜的黄土味道。苍蝇们追逐别处的臭气去了，潮湿的风从草地深处吹来，蓝天上鸟的叫声令肌肉震颤。众人肃立在坟前，宛若一株株古老的槐树，独有莫洛亚先生如同一株老白杨。父亲说：

神甫先生，是不是再去请个先生，既然学校已经办起来了。

莫洛亚先生为难地扭曲着脸，吭哧了一会儿，竟莫名其妙地说：

主啊，仁慈的主，拯救这些被罪恶毒化的灵魂吧。

说完话，他摇摇摆摆地一个人走了。众人望着他的背影，齐声叹气。方家二大爷说：都散了吧，这天下怕又要不太平了，圣母的眼里又流泪了。

众人无言地散去，父亲紧紧地攥着我的手，生怕我跑走似的。

玛利亚小学就此关门，据说莫洛亚先生已把他那头老奶羊拴在教室里饲养。我们的教室已成了羊圈。父亲说，那西厢房原本就是莫洛亚先生的羊圈。我的生活又回复到原来的状态，上午放羊下午还放羊。我的那几位同学，有放羊的，有放牛的，都在村子南边那一大片无主的低洼草地上。草肥水美，野花密匝匝地散布在绿草中，有白的，有黄的，有蓝的，散发着或浓或淡的香味儿。草地中有一些水洼子，里边有螃蟹、黄鳝，没有那种青得透明的虾子。

有一天，我们正在草地上斗草，我们的牛羊散漫在草地上，拣最可口的草吃。远远的一个高大的白人牵着一只羊走过来，谁也知道是莫洛亚先生来了。莫洛亚先生的羊原来是有专门的仆役为他割草喂养的，那仆役在陈老师死后就无影无踪地消失了，我在梦中见过那仆役现在生活的情景，但我没对任何人说，说了他们也不会相信。

莫洛亚先生身上的膻味儿顺着风儿刮过来，膻味愈浓烈他离我们愈近，但当他在我们面前时，膻味儿反而没有了。莫洛亚先生笑着说：

树根，让我的羊跟你们的羊一块吃草怎么样？

他回头指指那只羊，并试图把它拉上前一点。但那羊四蹄用力,身体死劲往后坐,分明是不愿意。

李栋材说:犟羊,犟羊,你越拽它它越拧劲,不信你撒了它的缰绳,它自个儿会到我们的羊群里去了。

莫洛亚先生松了缰绳,那头奶羊果然畏畏懦懦地靠到我家的羊跟前。我家的羊对奶羊表示了冷淡,莫洛亚先生的奶羊便自我解嘲地叫两声,尖着嘴,专拣着那星星般镶在草丛中的天蓝色小花儿吃起来。

我们对莫洛亚先生表示了足够的尊重,但他却像一个惹人讨厌的大孩子一样,不断地招惹我们。他捏我们,摸我们,用草缨子挠我们的耳朵,我恼怒地说:老胡羊,够了。

第二天,莫洛亚又来跟我们放羊,他继续闹我们。我们忍无可忍,一拥而上,拉胳膊扯腿,把他按在青草地上。后来当了大官的李栋材提议玩莫洛亚一个"老头看瓜",大家齐声赞同。于是我们把他的裤裆松开,将那颗生着白卷毛的大头硬塞到他自己的裤裆里。莫洛亚的裤裆较之中国裤裆狭窄,塞起来比较费劲,但我们还是克服困难把他的头塞了进去。可怜的莫洛亚先生喘着粗气在草地上滚动着,我们在一旁拍着巴掌欢笑。李栋材还用羊鞭抽打莫洛亚先生紧绷绷的屁股。莫洛亚先生的嘴在裤裆里发出呜呜噜噜的怪声。李栋材又一鞭打下去，那裤缝裂开一条缝，一只通红的大鼻子从缝里钻出来，这样实在古怪，我们笑得屁滚尿流。我忽发奇想折一根草棍儿，去拨弄那鼻孔中的毛儿，那鼻子可怜地抽搐着，一声啊啾，裤裆更大地破了，莫洛亚先生的头钻出来，他的脸涨成紫红色，他的眼里饱含泪水。

后来我父亲来了，一见草地上的情景，他的脸都煞白了。不知天高地厚的小畜生们！他骂着弯下腰去，慌忙把莫洛亚先生充满智慧的头颅从裤裆中彻底解救出来，然后愤怒地呵斥着我们，并追查滔天罪行的主谋人。莫洛亚先生直挺挺地躺在草地上，平静得像死人一样。我看到他的涨成紫红的面孔慢慢地恢复了白皙，呼吸也平稳得像没有了呼吸一样。

父亲拧着我的耳朵让我交代罪魁，我不说，父亲就用膝盖顶我的屁股，我依然不说。这时莫洛亚先生爬起来，把父亲拉开，笑嘻嘻地说：

老柳，不要这样，我们闹着玩，很愉快的。

父亲放了我，说：你们不要欺负莫洛亚先生。莫洛亚先生不远万里来到中国，向我们传播上帝的福音，保佑我们五谷丰登六畜兴旺，你们怎能玩他"老头看瓜"！

莫洛亚先生说：老柳，你不懂，"老头看瓜"很好，就在刚才我"老头看瓜"的时候，我看到了上帝。

后来莫洛亚的话在村子里传开,几个流氓无产者嬉笑着道:"老头看瓜"时见到了上帝,那上帝成了什么?你们想想看,上帝成了什么?

听话的人都会意地笑起来。

莫洛亚先生好像不是一个好神甫,据说他初来我们村时,确实很卖力地宣传过上帝的教谕,但很快便懈怠了。创办玛利亚小学是他来到我们村后所干的最伟大的业绩,但这业绩也因为陈老师的暴死而迅速崩溃。他再也没去聘请教师,整日里和我们这些顽童混在一起,我们跟他玩出了感情。而他那只奶羊也与我家的公绵羊有了感情,有一天,我家的公绵羊终于跨到了奶羊的背上,至于能生出什么样的小羊羔,还要等几个月才能知道。

我家的公羊跨上莫洛亚先生的奶羊时,孩子们都兴奋地欢呼起来。公绵羊从奶羊背上滑下来后,我们的欢呼声又持续了一分钟。莫洛亚也很兴奋,他拍着掌说:好极,好极,这是上帝的旨意。

也许是羊的行为启发了莫洛亚先生的灵感了吧?莫洛亚先生找到我的父亲,把他嘴巴经常叼着的那只黄杨木烟斗和一铁盒上等烟丝递给我父亲,说:

老柳,我把这些给你,你帮我找个妻子。

我父亲很惊讶地问：莫神甫，您不是说您这样的人永远不结婚吗？

莫洛亚先生说：不，不，羊都能结婚，人更能结婚，我要结婚，这是上帝的旨意。

我父亲说：既是主的意旨，我不敢违背，不知莫洛亚先生要找个什么样的妻子？

莫洛亚先生指指正在灶下忙碌着的我母亲说：就要你的妻子一个样的。

我母亲显然听到了我父亲与莫洛亚先生的对话，我看到她的脸像熟虾子一样红了。

莫洛亚先生走了，父亲用莫洛亚先生的烟斗装了一斗烟丝，引火点燃，装模作样地吸着，对祖父母说：这个洋鬼子，整个是一个上帝的叛徒。

祖父说：他要和中国女人结婚，这不是欺负我们中华民族吗？中国的女人，怎么能让洋鬼子去睡？我看这事儿使不得，你不要给他保媒，以免招来大祸！

我祖母却出人意料地对这事表示了一种宽容态度：这也不是件大事，古来就有过的，昭君出了塞，文成公主和了蕃，不都是把中国女人给了洋鬼子吗？

祖父说：这是两回事。

祖母说：你干脆给他找个女人，省了他一天到晚瞪着两只贼溜溜眼,满村子乱转。

父亲说:谁愿意嫁给一个洋鬼子呢?

祖母说:插起招兵旗,还怕招不来兵?

母亲说:何不把村东头那个回回女人嫁给他?回回差不多也是外国人了。

祖母想了想,说:这事十有八九能成,那回回孤身一个女人,带着两个孩子,正愁找不到个男人拉套呢。

第二天就去探那回回女人的口风,她竟然很爽快地答应了。父亲又去跟莫洛亚说,莫洛亚也很爽快地答应了。父亲说:只可惜那女人带着两个孩子。莫洛亚说,孩子好,我喜欢小孩子。

这一年的九月初九日,村里人为莫洛亚和回回女人办婚事。父亲带一着一伙人在教堂里与莫洛亚喝酒,母亲带着几个妇女将回回女人打扮起来。回回女人那两个孩子暂时交给我们一群孩子。她的大孩子是个男孩,年龄与我们相仿,鼻眼口唇与我们汉族孩子差不多。她的小孩子是个女孩,有四五岁光景,黑皮肤,特大的眼睛,特长的睫毛,比汉族小女孩的五官鲜明生动许多。

这两个孩子与我们不合群,平常的日子里我们几乎看不到他们的身影。李栋材问那男孩:

你们是从什么地方来的?

男孩子摇摇头说不知道。

李栋材又问那男孩姓什么,男孩说不知道。又问他们的父亲哪里去了,男孩摇头说不知道。

跟两个一问三不知的傻瓜对话十分无趣,于是我们拥到教堂里,看莫洛亚先生和回回女人的婚礼。

教堂的正厅里点燃了十几根蜡烛,明亮的光芒照耀着喝得醉醺醺的莫洛亚先生红彤彤的脸膛。那个回回女人被我们的母亲们洗刷干净后,像一件古老的铜器,焕发出了素朴又温暖的光辉。

一年之后,我梦到莫洛亚先生死了。

莫洛亚先生死了。父亲们把莫洛亚先生埋在教堂前一片空地上,堆了个很大的坟头,坟前栽了一棵松树。

不久后我梦到回回女人下身沾满了鲜血,半张着死亡的嘴,一个粉红色的肉蛋子在她身下的血泊中哇哇啼哭。

回回女人死了,她遗下的那个与莫洛亚先生的混血女儿,吸食着我母亲的乳汁活了下来。而我的那个比这个混血儿大一个月的妹妹,却早早地被上帝召去了。

回回女人的前两个孩子,原说定由吴保长收养着,可能是不堪虐待吧,他们很快便逃离吴家,不知流落到什么地方去了。吴保长的老婆还逢人就说那两个孩子是两个忘恩负义的贼,临走时偷走了她家一只粗瓷大碗。

做梦一般就到了一九五二年,我十四岁。吃着我母亲奶汁长大的莫洛亚先生与回回女人的遗孤七岁。我们给她起了个名字叫树叶。在她的身上,杂种的优势疯狂地表现出来。我比她大了七岁,但她的身高竟与我差不多,说我只比她大一岁也没有人不相信。虽然我许久没有生吃活虾了,但我的奇梦神技依然存在。我已经很讨厌这令人烦恼的特能,所以即使我梦见了什么也不再对人诉说,连对我的母亲也不诉说,许多人便以为我丧失了梦的能力,许多人也就渐渐淡忘了几年前曾有一个大脑袋的男孩梦见什么就是什么。有一颗与身体相比大得不成比例的脑袋是我的最引人注目的特征。而栗色的头发、高耸的鼻梁、深陷的眼窝则是树叶的特征。这时候树叶还不知道她自己的身世,我们就像一对同胞兄妹一样亲密地生活着。

秋天的一个傍晚,有一位留着短发、圆脸、矮个子的年轻女人推开了我家的柴门。在我眼里几年来没发生丝毫变化的祖父母和父母亲用狐疑的目光迎接着这个女人。这几年的日子过得地覆天翻,我们这个比较富裕的家庭也接待了很多次共产党的形形色色的工作队员吃饭。看这女人的模样，似乎又是一个什么工作队的队员。她用柔软得像红绸子一样的嗓音自我介绍起来：

大爷，大娘，大哥，大嫂，我是新来的教师，姓俞，来动员你家的孩子上学。

祖父立即不怀好意地看着我，这几乎等于逼着我回忆我前几年去莫洛亚先生的学校上学的情景。

父亲说：我们家穷，供不起。

俞老师说：这学校是人民政府办的，免费。

父亲又说：庄户人家的孩子，上什么学。

俞老师前进一步，拍拍我的头颅说：

你看，大哥，你这个儿子生了这么大个的脑袋，上学一定聪明。

俞老师又拍拍树叶的头颅——树叶的杂种优势显然把她震撼了——我听到俞老师呀了一声，弯下腰去，捧住树叶的脸端详着，一会儿，她感叹地说：

太美丽了，想不到在这样偏僻的乡村里，竟然藏着这样美丽的孩子。大哥，大嫂，大爷，大娘，不把你们家这两个孩子动员去上学，我就站在这儿不走了。

俞老师果真就垂下了双手，一动不动地站在我家院子里，我父亲急忙说：

老师，您回去吧，我让这两个孩子上学就是了。

俞老师走了,祖父说:明日上学,只怕后日老师又死了。

父亲说:您老人家今后说话要注意一点,现在解放了,思想要跟上形势。

祖父不以为然地摇摇头。其实我们家那两只羊早已死亡,所以他没有像上次那样提出由谁来放羊的问题。

第二天我与树叶一起去上学。我们背着母亲剪破了一件士林布褂子连夜改成的两个小书包去学校。学校的地址还在教堂,我们走得很熟。书包里空空荡荡,什么都没有。走到河堤上没看到祖父像河边的风景一样站在水边捕捞虾子,却看到一匹狗不知为了什么原因站在水边对着水上的波纹狂吠。

树叶问我:哥呀,上学学什么呀?

我说:不知道。

可祖母说你上过一次学了呀。

你别听她的,她跟我有仇。

在河堤上我们碰到了一个屁股上拐着盒子炮的瘸腿男人,我认识他,知道他名叫王瘸子,是区里的公安员。我曾看到过他一枪把宋麻子的头打揭了盖。这个人身上有威风,我们离老远就感到他身上的凉气侵入。

他打量着我们,说:你们要去干什么?

树叶踊跃地说：我们上学去。

他说：你们这些小杂种也配上学？

树叶说：俞老师让我们去上学。

他哼了一声，摇摇晃晃地走了。

树叶说：哥，他为什么叫我们"小杂种"？

我说：他爹才是小杂种呢。

很多的孩子已集中在教堂的院子里，我们加入其中去。

教堂里的上帝形象已被拆除，填到河里去。庇荫过陈圣婴老师的那棵槐树长粗了许多，树杈上悬挂着一口钟，这是当年教堂的钟，在很早的岁月里这口钟一天三遍被敲响，仿佛在提醒着教徒们不要忘记上帝。但自从莫洛亚被我们玩了"老头看瓜"后，这口钟就再没有被敲响过。新换的雪白钟绳在钟下悬挂着，为了使这根新绳子不卷曲上去，钟的下端，拴上了一块拳头大的石头。石头在风中微微悠荡。

俞老师拉动钟绳，使钟发出震撼人心的红锈斑斑的声音，我们都立住了脚，倾听钟声，观察敲钟人。

俞老师和褚老师把我们赶到教室里，第一个项目是点名，俞老师教导我们：听到呼唤你的名字时，你应该站起来，答到。

褚老师戴一副近视眼镜，罗锅着腰，是邻村人。每年春节时，我们都看到他蹲在集上卖对联。据大人们说，褚罗锅的毛笔字写得相当不坏。

俞老师点完了名。

俞老师发给我们每人两本书，一本《语文》一本《算术》，还发给我们每人一块镶在木框里的石板和三支石笔。

俞老师给我们上第一课，课文是：我是新中国的儿童，我爱中国共产党。

褚老师给我们上第二课，课文是：$1+1=2$。

快吃晌午饭的时候俞老师说：放学了，下午早些来。

我们站起来，都如弦上的箭。俞老师却把手掌往下压压，说：坐下坐下，还有话呢。我们坐下，她说：教堂里的神被我们请到河里去了。可是房顶上那个铁十字架，依然镇压着我们，谁有能耐爬上去，把它敲下来？

没人吭气。树叶说：我上去敲。

我说：树叶，别逞能。

俞老师微笑道：你们这些男生，一个个俱是怕死鬼，还不如一个小姑娘！

男生被激，纷纷站起，都说要上房。

俞老师说：晚了，这任务给柳树叶。

到了院子里，俞老师招呼褚老师搬来一架木梯子，竖在房檐与院墙交接处。

树叶攀着梯子，小猴一样翻上房檐，向十字架奔去，踩得一片瓦响。我喊：树叶，小心！树叶不睬我，跑到十字架下，用胳膊揽住安装十字架的木棍子，使劲摇撼，十字架纹丝不动。她喊：老师，撼不动。老师用手掌在眉上避着光，仰脸往上看，喊：我们扔斧头给你，你等着。俞老师叫褚老师去找斧头。褚老师弓着腰去了。好大一会儿，褚老师哭丧着脸回来，说：没有斧头，听说砍十字架，谁也不借。俞老师说：你比较笨，为什么要说砍十字架呢？你再去借，就说劈木柴。褚老师又走了。树叶说：老师，我想撒尿。俞老师说：你别下来，好不容易上去了，这样，男生们，都转回头去。树叶，你就在房上撒吧。树叶蹲下。俞老师说：柳树根，你为什么不转过头去。我不高兴地说：她是我妹妹。俞老师一笑，说：也对，你可以不回头。树叶在房上说：哥呀，你往后退几步。我退了一步。一股水沿着瓦往下流，瓦上起一层雾。褚老师弓着腰回来了，空着手。怎么，还没借着？俞老师不满地说。褚说：借不着。人家都说作孽呢。俞说：胡说。树叶你下来吧。改天再上去砍它。

转眼间冬天开始了。枯燥的学校生活让我感到了厌烦，而那时树叶还没有形成自己的对问题的看法，她百依百顺地服从着我，所以当我对学校生活表示厌倦时，她也皱着眉头说：哥呀，我也烦死了。那么大的李宝、张东奎，都快二十岁了，竟然也跟我们一起上一年级，他们一上课就放屁，臭得我头晕、恶心，哥哥呀，我也烦死啦。哥呀，咱跟父母说说吧，不去上这个破学了。她那时已变得很饶舌，无论是什么话，只要一开了头，都能喋喋不休地说下去，而且基本上不重复。我没有意识到听少女说话是一种幸福，没有注意到那娇声娇气的杂种声音是那么清脆悦耳。我摇摇头，严厉地制止了她的唠叨，告诉她，向父母提出退学的要求是不明智的，由于俞老师在家访时对我们的高度夸奖，在我父母亲的思想深处，已经建立了两座辉煌的荣耀碑，那两座碑，一座属于我，一座属于树叶。父母亲指望着我好好学习，上完小学上中学再上大学，然后当大官，耀祖光宗呢。

耀个狗屁！美丽的小杂种恶狠狠地说。这种语言是她从我嘴里学会的，但我还是批评她：

你一个女孩子，怎么也敢说这种话。

她毫不退让地与我争辩：

男孩子能说，女孩子为什么就不能说？

她的反驳令我结舌。

一会儿，她讨好我说：哥呀，你别生气，我翻几个跟斗给你看。

她不管我愿不愿看，将书包往我的脖子上一挂，便紧紧裤腰带，在平坦的河堤上，一连地打起侧身跟斗来。她的身体灵巧得如同飞燕，翩翩欲飞。我与她从小形影不离地长大，竟不知道她于何时何地跟着何人学会了这身本领。我入神地看着她那连串翻滚的身影，看到她每次将身体短暂地倒立着时，那短小的红棉袄便褪向两肩和头颈，露出白白的肚皮和圆圆的肚脐眼，于是我的心中便洋溢开蜜样的甘甜，这小杂种真是个可爱的小家伙。

翻完了跟斗，她气喘吁吁站定，在衣襟上擦拭着手掌上的泥土。她的白脸上透出红润来，宛若一颗生着细绒毛的熟桃子。有一层小汗珠密集在她高高的鼻子上，她喘息微微，牙齿雪白。

你什么时候练成了这身功夫？我问。

哥呀，你不生我的气了吧？你允许我骂狗屁了吧？她狡猾地看着我。

我说：允许，随便你怎么骂，狗屁，狗屁，狗鸡巴。

她大声重复着狗身上的器官和狗的排泄物，并把这些好东西变成修饰学校的定语。

骂完了，我们一起哈哈大笑。

我说：树叶，我夜里梦到刘四山家的母驴今日生骡子，好看极了。

哥呀，你的梦不是早就不灵了吗？

我骗他们呢。我的梦灵得很，你可要替我保密。

她庄严地点点头。

我们决定逃学，去看刘四山家的母驴生骡子。

刘四山的家在村子的尽南头，一出他家大门便能看到荒草如烟的田野。按照着梦中的记忆，我们顺利地找到了刘四山的家。果然有十几个人在刘家的院子里嚷嚷着，并围成一个圈子。我拉着树叶的手从人的腿缝里挤进去，看到那匹黑色的老母驴侧着身子躺着，驴的后边铺垫着一堆麦草，有一些血染红了麦草。

小孩子，乱挤什么！有一个巴掌拍到了我的脑袋上。

黑驴大睁着眼，大耳朵竖起来垂下去，垂下去又竖起来，汗水把驴脖子上的毛湿成了深深的蓝色。驴的肚腹起伏着。一个秃头的男人弯着腰，挤压着驴的肚子。

老二，不能那样硬挤，你轻轻地按摩。一个老头子教训秃头。

老头子说：人畜是一个道理。马配驴，九死一生。你们想，马大驴小，驹子随马。所以一般人家都用公驴配母马，图的是下驹顺畅。除了老刘家这样的大母驴，谁家的驴敢怀上马的种子？

刘四山说：只要能把骡驹子产下来，死了这老驴，我也不痛惜了。

秃头的头上汪着一层油汁，他直起腰，说：累死我了，我看这老家伙多半是不中用了，干脆剖了它的肚子，把小驹抱出来，用米汤水也能喂活的。

老头说：简直是放屁！不从产道出来的畜生，几个能活？这道鬼门关，皇帝老子也要过，何况一匹骡驹子。你少废话，加紧着按摩。

秃头又弯下腰去，极不情愿地用那两只熊掌一样的肥胖爪子，按摩着母驴高高鼓起的肚子。

老头子弯下腰，看看母驴流血的后边，摇摇头，问：家里有生豆油吗？灌它两斤，如果这法也不灵，我就没有别的办法了。说一千道一万，你们不该用马来配它，更不该用那匹像山一样的东洋种马配它。它实在是太老了……

刘四山的女人舀出一碗暗红色的生豆油,几个人抬起母驴的头,将一个铁漏斗硬塞到它的嘴里,它的嘴唇被掀翻开,露出几乎磨平了沟槽的黄牙,一股腐草的味道热烘烘地喷出来。老头子用一柄生铝勺子,舀着豆油,一勺勺地倒进漏斗里去。驴唇上沾满了黏糊糊的豆油。

刘四山的老婆眼泪汪汪地说:驴啊,再使使劲吧,使使劲就生出来了,你又不是头胎生养。

老头儿不满地指指母驴高隆起的肚子,说:你难道看不出它肚里这个杂种究竟有多大个?

也许是灌下去的生油给了母驴力量,也许是刘四山女人的求告鼓起了老母驴的勇气,在一阵死一样的寂静过后,它突然发了疯样地把身体抽搐起来,那隆起的肚子宛若一个风鼓子剧烈地起伏着。一股热烘烘的浑水混杂着黑血流出来。那扇生命之门像昙花般开放了,一个油光光的长方形头颅钻了出来,随即弯曲着游出了蜷曲的身体。

生出来了!

人群里一阵欢呼。母驴的身体僵死了,那隆起的肚子塌陷下去。

老头子不顾污秽,抠出了小骡驹嘴巴和鼻孔里的黏稠液体，又用坚硬的指甲掐掉了它四只蹄子上那些乳白色的柔软组织，又要了一块干布，擦着它身上的液体。几分钟后，这个葬送了母亲生命的小家伙四肢打着战站起，摔倒了又站起来，终于站定了，终于摇摇晃晃地迈开了第一步。

紧接着有一位大腚的娘们跑到刘家院落中来了。我认出了她。她是村贫协主任麻子双的老婆，在村里出了名的浪，出了名的泼。据说她曾在烟台的窑子里工作过，所以不能生养了。又据说她为了骗麻子双，便谎报情况，说怀了孕，并且每天一清早就手抚着门框装模作样地呕吐，骗吃了很多的鸡鸭鱼肉和精美点心。几个月后，她往尿罐里加了红颜色，又弄来一只死耗子，剥掉皮、剁掉尾巴、扔进尿罐里，骗麻子双说流产了，不曾想被麻子双识破，把她吊起来，打了个皮开肉绽。

那大腚娘们一进院就拔高了嗓门要"明骡衣"。所谓"明骡衣"就是白天生产的骡子的胎盘。刘四山的一家正为母驴的死亡而难过，不理她。秃头问她要明骡衣干啥用，她说：咦，明骡衣专治妇女经血不调。我要调理调理，好给贫协主任传下个种子呀。

秃头说：你这骡子，把这匹母驴吃了也生不出个什么来。

那女人顿时急了，一伸掌，就在秃头上留下四道血痕。院里乱了套。我和树叶看了一会那匹骨头渐渐坚硬起来的小骡子，便溜出刘家院落，往学校走去。

尽管我头天夜里梦到第二天下午我和树叶要在学校里出丑，但我们还是按着梦的指引，在中午的时候，偷出了祖父的捞虾网，跑到河边祖父捞虾的位置上，一网网地捞起虾子来。这种愉快的、每网都有收获的劳动游戏使我们忘记了下午上学的事儿，也许我们一开始就打定主意逃学。

河水浑浊，因为头天夜里下了大雨，水位涨了约有一尺，我们惯常踏着洗脸的那块石头已被水淹没，只有在那个位置上的一簇簇浪花标志着它的存在。

我模仿着祖父当年捞虾的潇洒姿态，将双臂撑直，双手紧攥住木杆子，把网子尽量地往身体的左后侧摆动。然后，逆着水流的方向，让网子沉入水，缓慢地往身体的左后侧移动，更加浑浊的水在网后翻腾起。兜网拖着满满网眼的水的薄膜离开水面，在网底的那个尖尖的兜兜里，我看到几十只青色的透明虾子在蹦跳。兴奋的感情在我的心中翻腾着。树叶也惊呼起来：哥呀，有好多的虾子呢！

我将第一网的收获抓在手里，往自己嘴里塞了一半，剩下的赏给树叶，她毫不犹豫地仿照着我的样子，把那一撮活虾子填进嘴巴。

我们脸上都焕发出如梦如痴的表情，连问都不用问了，树叶也一定迷醉在活虾子在口腔里蹦蹦跳跳所带来的快乐之中。

口腔里含着美妙的感受，我身体上的力气也仿佛增加了许多，每一次将网挑出水面时，树叶就发出一声欢呼。她吃生虾的本领一点不比我弱，她的身体得到虾子的滋养，一点点的，以肉眼能见的速度增长着，而我增长着的只有头颅。

瘦高身材、满脸粉刺的马老师的出现没有使我们感到惊恐，因为这一切是早就决定了的，我们没法逃避。学校的规模已经扩大，俞老师担任了校长，政府又另外派来了两名教师，这位生着一张马脸的马老师就是其中之一。

他小心翼翼地走下河堤，站在我们面前，歪着嘴巴冷笑着。他的身上散发着一股呛鼻子的脂粉味儿，他的衬衣白得耀眼，他的涂满油的茂密头发在我们上方闪闪发光。

马迅疾地用屈起的手指关节敲打了我的头颅。他的手指关节紧硬得如同一颗颗铁皮核桃，打得我的脑袋里发生了蜜蜂的轰鸣。一些稀奇古怪的画面在我的脑海里层层叠叠地摩擦着,并且发出了嚓嚓啦啦的声响。

树叶像一匹小狼,向马扑去,她的头颅撞在马的大腿上,使马不由自主地倒退了几步,马脚上的雪白的回力球鞋踩在一个水坑里,沾上了肮脏的东西。马一低头,看到鞋子的情景,抬起头来时怒火便烧红了他的脸,那些白头的粉刺变成了紫红色,镶嵌在他的红脸上。马一脚就把树叶踢倒了,马第二脚把我踢倒了。马破坏了我祖父的捞虾网,并命令我扛着被破坏的捞虾网,往学校的方向走。我们的逃跑的企图都被马的长而敏捷的腿给粉碎了。

马把我和树叶安置在学校铁钟下罚站,祖父的捞虾网可怜地横陈在我们面前。同学们在课间休息的时候围观着我们。我感到自尊心受到了损伤。树叶却不断地对同学们扮着鬼脸,低声地对他们说一些关于马的坏话,树叶说:

马的老婆是一匹黑母驴,他的儿子是一匹骡子。

放学了。马依然不解除对我们的处罚。他倒背着手围绕着我们转着圈圈,一边转圈一边冷笑。

暮色四合时,俞校长从外边回来。她询问了情况,批评了我们几句,便解除禁令,放我们回家去吃饭。

这件现在看来甚至是令人愉快的事情竟然成了我学校生活期间的一件难以忘却的大事,究竟是由于什么原因?无论怎么样地挖空心思来解释,这件事情也不具备文学性,不应该写进小说中充当细节。想到此我的文学信心就要土崩瓦解了。我甚至不想再把这篇所谓的小说写下去,但我必须违背自己的意志往下写,尽管接下来发生的事情更加琐碎和无趣。

先是马和俞校长成了夫妻,紧接着开始了一九五八年的大跃进,大炼钢铁,大放卫星。我们跟随着马去马戈庄车站砸矿石,每人提着一把铁锤子。秋天的原野里,随处可见丰产的庄稼,因为无人收割采摘,所以鲜红的高粱萎靡在地,高粱穗子上生长出密集的嫩绿芽苗,一团团的棉花挂在落尽叶子的棉柴上,一群群大雁往南飞翔。狭窄的道路上经常走来走去一队灰尘仆仆的、疲惫不堪的、莫名其妙的百姓,人们彼此不打招呼,谁也不想知道别人去干什么。

马率领着我们六年级的学生走了一整天,傍晚时,马指着前方一个黑色的村镇,说马戈庄到了。我们看到镇子里浓烟滚滚,浓烟里夹带着奋勇上升的耀眼的火星子。一列乌黑发亮的火车高鸣着汽笛从我们面前冷酷无情地滑过去,我感到脚下的地皮在打哆嗦。

过了铁路我们走到一个荒凉的货场上,那里堆着一些褐色的石头,马兴奋地说:同学们,这就是铁矿石。

马让我们坐在这儿等着,他去找找有关领导联络。马在一些破房子间隙里三拐两拐便没了踪影。我们很累了,便坐在矿石上,矿石硌屁股,又转移到灰土上。暮色沉重,浓烟中的火星显得更亮,铁路外边的辽阔原野上,东一簇西一簇地有火焰在燃烧,我们知道那是土高炉的火光。大家都有点饿了,可是马没有回来。班里的一位大个子同学骂骂咧咧地站起来,说要去找马,让他给同学们弄饭吃,另外几个大个子学生说愿意跟他一起去,于是他们就去了,他们走了后也没有回来。镇子深处不时响着响亮的钢铁撞击声,燃烧草木的味道一阵阵扑来。几位女同学哭起来。我劝她们不要哭。这时我已经二十岁了,虽然我个头矮,但本质上已经是一个青年。我妹妹树叶十三岁,蹿了个一米六的大个了,身材已发育得像模像样,班里演节目时,她每次都演幸福的苏联集体农庄的姑娘。她也知道了自己的身世,她为此感到很耻辱,这样的出身像一块黑暗的石头压着她,使她有美妙的歌喉不能歌唱,有智慧的诗才不能吟诵。根红苗正无上荣光的观念直到今天也没完全消除。她神情忧悒地坐在灰土里,远处的火光照在她的沾满灰尘和干涸了的汗迹的脸上。

大约是半夜时分,正当秋夜的冷风把我们全身都吹麻木了的时候,罗锅腰子褚老师鬼鬼祟祟地过来了。我们问:褚老师,你不是留在学校看门吗?他摆摆手,示意我们住嘴。他在矿石中间扒拉一阵,似乎在寻找什么东西。也不知找到没有,他又锅着腰走了。他刚走,陈圣婴老师就来了,他那身古旧的长袍上沾满黄色的泥土,好像刚从坟墓中钻出来一样。他很亲切地向我打听莫洛亚先生的情况,我说莫洛亚先生死了,而这个小姑娘,我指指树叶,就是他老人家的亲生女儿。陈圣婴激动万分,咳了一阵,没吐血,脸金黄,说,姑娘,你父亲的奶羊还在吗?树叶扭过脸去,不理他。我说,你快走吧,别打扰我们。他走了,马回来了。马一脸沮丧的表情,嘴里嘟哝着一些含糊不清的话语,昔日的尊严师表全然丧失。他从书包里掏出几个沾着泥巴的生红薯,分给我们吃。我们顾不得擦净红薯上的泥巴就咔咔嚓嚓地吃起来。树叶洁白的牙齿在微弱的光线下闪烁着银光。

第二天我们就开始工作:用锤子把那些褐色的铁矿石砸碎成核桃大的小块。铁矿石十分坚硬,把平滑、坚硬的锤子硌出了一些深坑。一上午我们砸碎的矿石装不满一箩筐。正午时分,夜里失踪的那几位大个子同学回来了,他们用一根新鲜的柳木棍抬着一只铁皮桶,桶里盛着热气腾腾的大包子。同学们欢呼雀跃。马脸上表现出感激不尽的神情。大家拥上去抢包子吃。包子馅是白菜粉条,美味异常。

我们正吃着包子,一个手持螺纹钢棍的黑脸汉子气汹汹地跑过来。他严厉地询问着我们的来历,马认真地回答。黑脸人对我们的工作很不满意,他像开玩笑一样,把那根钢棍抡起来,横着抽在马的腰上。马哀鸣一声,身体像被打折了似的,跌倒在地上,同学们噤若寒蝉,目送着黑衣人离去。

大家把马扶起来,马的一贯凶气逼人的眼睛里滚出了泪水。

这个狗养的,怎么能随便打人!

一句话竟使马号啕大哭起来。同学们像哄孩子一样哄着马。马不听哄,越哭越凶。我们几乎手足无措了。树叶从桶里拿来一个凉透了的包子递给马,逼他吃。马擦擦眼,擤擤鼻子,呜呜噜噜地吃起包子来。他的腮上的肌肉抽搐着,吃相十分丑陋。突然,他叫了一声,我们看着他,不知他叫什么。他吐出嚼得很恶心的包子,又把一块东西吐到掌心里,让我们看。在耀眼的天光下,我们看到一个人的指甲在他的掌心里像贝壳一样闪烁珠光。他捧着指甲,转着圈,如一只被打蒙的鸡,说:这是怎么回事呢?这是怎么回事呢?李栋材说:一定是炊事员不小心把指甲剁下来了,难道还能是别的不成!对,他说,对对对。但他还是呕吐了,他的呕吐让我们也翻肠搅肚。

下午,与铁路平行着的公路上有一辆马车惊了,车夫是一个老头子,他起初还死死地扯着辕马的缰绳,声嘶力竭地号叫着。他的双腿几乎不点地皮,身体极像一个弹跳不止的皮球。梢马昂着头,飞扬着鬃毛,圆睁的眼睛闪闪发光。终于把老车夫甩掉了,一闪越过马车。车夫在滚滚尘烟中打着滚,由快至慢,最后静静地趴在地上,像睡去了又像一堆土。这时辕马也昂起了头。梢马是青色辕马是红色,像一团烈火追逐着一团青烟,滚滚向前,我联想到革命的车轮,不可阻挡。车上的一些圆溜溜的、金黄色的东西蹦蹦跳跳地跌下来,落地后还不安稳。马车飞过去后,路上的烟尘久久不散。我们蹿过铁路往公路上跑。在我们身侧有一个女孩子惨叫了一声,原来是同学李素娥被枕木绊倒,磕掉了两颗门牙。有人把她扶起来。我们跑上公路,看那老车夫,一脸胡子,面目有些熟识。叫他不答应,有经验的去摸他心脏，说心脏已经停止了跳动。那些从车上跌落下来的东西，原来是些窝窝头，软乎乎的，还冒热气呢。当下都放到嘴边啃。捡一大堆。李素娥手捧着门牙，呜呜地哭。马说：

别哭了，回去镶上两颗钢的吧。

李素娥就不哭了，把门牙珍惜地装进衣兜里，捧起一颗窝窝头，用边上的牙齿咬着吃。

傍晚时，马说：同学们，你们结伴回家去吧，这里的事我顶着。

可是矿石还没砸完呀，有人问。

砸什么，净糊弄自己，马说，你们走吧，谁去跟俞校长说说，让她别惦念我。

我们摸着黑往家走。走到半夜时脚上都磨起了泡，走不动了，找了个村子投宿。在一间破屋里，十几个人挤在一堆麦秸草上。一边是男一边是女。我左边是树叶。我和树叶是男女的分界线。但后来听说，夜里还是发生过风流事，这主要是那几个大年龄的学生干的。虽说只是小学六年级，但最大的郭宝发已是二十四岁的青年，掉了门牙的李素娥，也是二十岁的大姑娘。又后来郭与李结了婚，生了群小孩，六零年饿死了两个。

第二天上午我们回到家，家里正在用一个瓦罐煮地瓜。祖母不时地低下头去吹火，潮湿的槐树枝子冒出的黑烟把她的双眼熏得红红的，像两只老家兔的眼。我笑了，树叶也跟着笑。父亲拿着一把斧子从外边走进来，没头没尾地说：铁打的脖颈也架不住斧劈。爷爷逆着他的话说：什么呀，崩了你的斧刃。马老师一步闯过来，大声嚷着：你们在煮什么东西？嗯？煮什么有这样的香气？然后他说：大喜了，你们家。

瘦成了竹竿的马给我和树叶送来了县初级中学的录取通知书。砸矿石的苦役结束后，我们与马之间的仇恨消解了。马的老婆俞校长生孩子时，我和树叶还送过去一条遍身白花的狗鱼。这条狗鱼是祖父钓的，养在盆里舍不得吃。我和树叶用五斤黑豆换了老头子的鱼，黑豆是我们从田鼠的洞里挖来的。

这时生活已经相当困难，祖母的脸因为吃野菜太多中了毒，肿得如一只吹足气的黄气球。祖父因为善逮水族，身体还可以，当然较之从前也不行。

马老师坐在我家的门槛上，唉声叹气地向我们诉说他的满腹忧愁。祖父插话道：

这人民公社，兔子尾巴长不了！

这恶毒的诅咒吓得我父亲面色焦黄。父亲说：爹，亲爹，给您的孙子孙女留条生路吧。

祖父哼几声就拿着鳖叉走了，他有一只神眼，叉鳖一叉一个准。

母亲为生产队里拉磨磨面，因为队里的驴骡都饿死了。

祖母坐在炕上，一声不吭。她已经没有心思对我们是否去读中学的事发表看法。

父亲送走了马老师，回来对我们说：在家里也是挨饿，干脆就去上吧，考上中学不容易。

树叶说：爹爹，让树根哥一人去吧，我在家割野菜，捞鱼虾，帮衬着度荒年。

父亲看看她，说：树叶，我不让树根去也要让你去，否则怎能对得起莫洛亚先生。

树叶说：树根哥是男的，又生了个大头，他比我出息大。

父亲不吭气了。

离中学开学还有一些日子，我和树叶去荒草甸子里挖茅草根，这东西晒干研碎后可以烙草饼吃。饥馑并不妨碍天空晴朗，饥馑的是人类也不是鸟类，田园荒芜，饿殍遍地甚至是鸟类的幸福岁月。荒年蚂蚱多，人走在草中，惊起的万头绿蚂蚱如同弹片四处飞溅，它们的粉红色的内翅在飞行时闪现出来，醒目养眼。李栋材的老爹提着葫芦头抓蚂蚱。村里只有他一个人能受得了这美味。我们也吃过,但吃后腹泻,差点送命,便不敢再吃。李栋材的爹的肠胃有本事,能消化得了这种营养一定不差的昆虫。所以当村人们饿得半死不活时,这老头子却面孔油光光的,心情舒畅,小曲儿常在嘴边挂。我们说:李家大伯,您捉了几斤蚂蚱了?他瞪了我们一眼,飞一般伸出手,把一只伏在草梢上的黄色蚂蚱捏住,撕下它连着一根黑屎和白色丝络的头颅,把它的身体塞进葫芦。莫洛亚先生从草丛中哈着腰钻出来,向李讨要蚂蚱,李不满意地说:你难道没长手吗?但他还是把一个挺肥的蚂蚱给了莫洛亚,莫把蚂蚱填到嘴里,咯咯唧唧地咀嚼着。

风吹动草梢,如浪翻滚。树叶与我向前走,去寻找茅草,她嘴里叼着一朵小黄花,忽然吐掉花问我:

哥呀,听说我爹跟咱的母亲相好过?

我感到受了巨大的侮辱,红着脸说:

你休要听他们放狗屁!

树叶说:看把你气得,如果真是这样,那咱们不是更亲近了吗?

我不理她,扔下筐子,用叉子掘开土地,把白茅草根儿扯出来。

哥呀,她说,你别生气啦,反正我迟早要给你做老婆的,你生我的气干什么。

谁说你迟早要给我做老婆?我看着她说。我发现她更俊了。

咱娘说的呗,她平静地说。

远处响了枪,我们抬眼望,看到那个瘸腿干部在用手枪打野鸭子。

掘了一会草,树叶说:哥,我夜里做了一个梦。

你梦到什么啦?

我梦到咱母亲偷黄豆被王麻子抓住了,王麻子罚母亲的跪,很多人围着看。

你的梦也灵验?

不灵验才好呢。

事实证明,树叶的梦也灵验。我们不掘茅草了,急匆匆往生产队的磨坊跑去。

磨坊建在刘财主家的院子里,王麻子坐在大门口。看我们来了,他站起来,警惕地问:

你们来干什么?

来看看俺娘,树叶说。

不行,磨坊重地,闲人免进。

看俺娘还不行吗?

谁敢担保你们不进去偷粮吃呢?谁敢保证你们进去不往面粉里下毒呢?

我们是考上中学的了,我哥马上就要去上中学。

王麻子不满地哼一声,他的苦大仇深的脸上表现出对我们的仇恨,他说:这革命是怎么搞的,旧社会你们吃香的喝辣的,新社会你们又上中学,这是不公平。

树叶挺着胸膛说:狗走遍天下吃屎,狼走遍天下吃肉,气死你个杂种。

还不知道谁是杂种呢!王麻子击着巴掌说,杂种们,人无千日好,花无百日红,有你们倒霉的时候,咱们走着瞧。

树叶扯着我的胳膊,一挺胸,把王麻子逼到一边去。

我们进了磨坊,磨坊里光线很弱,我们嗅到了一股与霉烂味道混合在一起的新鲜面粉的味道。我们听到磨声隆隆,看到十几条灰色的影子转绕着那两盘红殷殷的大石磨,缓慢地移动着。一个粗哑的声音说:哟,大嫂子,你家的童男童女来了。

树叶夸张地往前探着脑袋,问:

王家大娘,俺娘呢?

你娘钻耗子洞里去了。还是王家大娘哑着嗓子说。

树叶说：你这个哑嗓子老驴。

一片笑声里，我母亲说：该打的，怎么能跟你大娘这样说话。

这时我们的眼睛适应了黑暗。我们看到母亲们都弓着腰，抱着磨棍，白着头发，灰着脸，使石磨旋转。女人们夸着树叶的美貌也夸着我的聪明，母亲却说：只怕都是小姐的身躯丫鬟的命。

我们一直等到母亲们收工，我们陪着母亲走，想让梦境粉碎。

我悄悄地问母亲：娘，你身上有粮食吗？你今日千万不要在身上藏粮食。

母亲白了我一眼，说：住嘴吧，你。

王麻子堵在大门口，挨个搜索着女人们的身体。看出来他对前头的那些女人的搜索是睁眼闭眼的，但轮到母亲时，他的眼里凶光如电。我知道事糟透了。

王麻子从母亲的裤腿里抖出两捧黄豆，母亲面色如土，悄声说：大兄弟，嫂子与你远日无仇近日无冤……

王麻子看看我和树叶，说：我与你们家远日有仇近日也有冤，你给我跪下吧。

后来村里的官来了，宣布罚我们家十斤粮食。母亲哭了。回家后，祖母把满腔怒火发泄到母亲身上。树叶愤愤不平地说：祖母你好没道理，往常俺娘带回来的粮食你也没少吃。

祖母说：可这一下子就罚了十斤粮食，蚀了大本啦。

父亲很恼怒，说：早就不让你们去干这种事，宁愿饿死，也不能丢了面子。

树叶说：大家都在偷嘛。

父亲说：你小孩子不要插嘴。

树叶说：我偏要插嘴。

祖母说：你是个什么东西，也敢在我们家耀武扬威。你要知道，如果我们当初不收留你，你早就成了鬼。

树叶说：我知道，根本不是你要收留我，是俺娘收留了我。

父亲说：别吵了别吵了。

祖父也说：别吵了，不是冤家不聚头！

祖母还在啰唆，祖父抄起一根棍子，像投掷标枪一样对着她投去。祖母一侧身闪躲过，闭着嘴不吭气了。

母亲去推磨，被王麻子赶回来了。她红着眼睛坐在炕沿上发呆。树叶说，娘，我去。从此树叶便代替母亲在磨坊里推磨。十天后我去县初级中学报到，一进校门就碰到咳着的陈圣婴陈老师。我向他鞠了一躬,他很冷淡地把沾满血迹的手对我举了举,转身就走了。随后我又见了些面黄肌瘦的同学和同样面黄肌瘦的老师。上课时老师说话声细弱,学生昏昏欲睡。体育课取消了,说要保存热量。老师们不顾尊严,跟学生讨要菜饼子吃。我从家里捎来的菜饼子是含有粮食的,惹得同学和老师垂涎,单老师说:柳树根,你爹一定是粮食保管员,我摇头否定。单老师说:这就奇了,如果你爹不是粮食保管员,你的菜饼子里如何会有粮食。我便对他们说,我有一个妹妹,她在村里的磨坊里推磨,她聪明透顶,创造了一种鬼难拿的盗粮方法。那些与她一起推磨的女人们都往裤腰里、袜筒里装粮食,都难脱王麻子的法眼。我妹妹每天下工前,在黑暗中,把大把的粮食囫囵着吞到胃里,然后大摇大摆地回家。回到家,她端出一个盛满清水的盆,找一根筷子捅喉咙,把胃里的粮食吐出来。每次能吐出几斤,有时是豌豆,有时是玉米,有时是高粱,吐出的粮食淘洗一遍,用蒜臼子捣烂,和到菜里蒸。我妹妹的咽喉被捅坏了,吐出来的粮食上沾着血丝。同学们,老师们,你们说,这是一种什么精神?老师说,很感人,但不是苏维埃精神。这完全能写成一部戏,一部让人流泪的戏。什么时候让我们认识一下你妹妹,一个同学说。我说,她明天就来给我送吃的。她背着一兜子掺了少量面粉的野菜饼子来了,我早就梦到她要来。在校门口,她喜笑颜开地说:哥,我梦到你站在这里,你们学校的样子与我梦见的一模一样。她有些瘦,但光彩依旧。我说:树叶,今后你不要那样了,那样就把胃搞坏了。她说你怎么知道我那样?我拍拍脑袋说:你忘了我会梦了吗。她笑了,说,我不愿意要这种本领了,好事梦不见,尽梦见坏事,又不能改变,等于受两茬罪。她说:我昨天梦到我的亲爹娘了,他们的样子很吓人。我说,我也不愿做梦了,梦来梦去,弄得不知什么是真什么是假了。同学们听说我妹妹来了,都跑来看,都说要见识一下这位虽不是苏维埃分子但却有真情实感的女性。我看到他们在我妹妹的光辉照耀下一个个灰头垢面,连句成形的话也说不出。吃过我很多菜饼子教俄文的苏老师也来看,他一见我妹妹就啊了一声,嘴张着,眼直着,一副傻相。我有些反感他这副破坏了师道尊严的样子。我捅捅他,说,苏老师,您坐下吧。苏老师说,天老爷人家,活脱脱一个冬妮娅。他指着我妹妹说,你应该走在莫斯科的大街上吸引青年们的目光呀。简直不可思议。苏老师是哈尔滨人,跟白俄女人的女儿有过恋爱关系,为此把他打成右派,但他恶习难改,怪不得人家说学外语的都比较流氓。然后苏老师就黏着我妹妹,问她为什么不上学。我妹妹不理他。我说我妹妹为了让我上学自己做了牺牲。这一下苏老师更感慨了,摘下眼镜擦着镜片上的雾气,说,水晶心,水晶一样透明的心灵。后来又来了一些女同学看我妹妹,相形见丑了她们,是凤凰与野鸡的差别,都没几句话说。说将来生活好了,我妹妹应该去演电影。她一上银幕,什么白杨秦怡王丹凤都会黯然无光。吃过了中午饭,学校的主任宋大嘴来了,他用一根草棍剔着牙,说柳树根让你妹妹赶快走,这是中学,不是花街柳巷。我妹妹说:我操你老祖宗你这不是把我比喻成青楼女子吗?我妹妹的大胆语言把宋大嘴给骂呆了,听到这句骂的同学们都龇牙咧嘴。我们都恨这个宋大嘴,这家伙是个恶棍,揸学生的伙食油,踢同学的腿弯子,在我们心目中国民党的军统特务就应该是宋大嘴的样子。宋大嘴恍惚了几分钟才说:你这个女特务,滚。苏老师愤怒地说:主任,你过分了。宋大嘴说:我看你也像特务。我送妹妹出去,妹妹说,哥呀,我觉得你们这学校不好。我说是不好。妹妹说:祖父新结了一扇罾网,网眼密得像蚊帐,专为拿虾子结的。你还想生吃虾子吗?虾子的活蹦乱跳又在我口腔里了。我说:想吃,但我绝不吃了。我想让我的做梦的本领消失掉。妹妹说王麻子搜我身时不怀好意,被我骂过了,我自己觉着也长大了,女人的事我都懂,你星期天回来咱干脆结婚吧。我说不行不行你才十六岁呀。她说我比那二十岁的女人都大。我说再等几年吧,等我考上大学再说。她摇着头,凄然道:那还需多少年,到了那时候,你就不要我了。我说怎么会呢,咱俩是青梅竹马,又是吃了一个人的奶长大的。她说我下次来弄点虾子给你吃。我说千万别弄,我绝不再吃了。我送她到大路上,说,你不要再吞吐粮食了,太残酷了。我回到宿舍时苏老师说柳树根你真是洪福齐天,他知道了。这时李金伞来说北村的我们的同学台建国吃豆饼胀死了。李说,他不该把二斤干豆饼一顿吃了,吃了又喝了太多的水,肚子胀得像水罐一样。大家都凄然泪下。苏老师说同学们都节哀吧,今天我们为台建国哭泣,明天也许有人为我们哭泣呢。人怎么能被活活地饿死呢?这么富饶的土地,如此滋润的气候,怎么能没有粮食吃呢?怎么能忍心让如花儿一般娇嫩的少女像鸽子一样把吃进去的粮食再呕出来呢?我们都可以饿死,但柳树根不能死,你死了就太辜负了你那妹妹的深情厚谊了。苏老师唏嘘起来,门外有人吼:睡觉了!

……暑假到了,我回家乡去。祖父嘲弄我:呀哈,洋学生回来了。祖父扛着他那张密眼罾正要走出家门,他赤着膊,皮肤黑得像煤炭一样。更加丰满了的树叶直扑上来,抓住我的胳膊,摇晃着玩,哥呀,你放暑假了。今日我不去推磨,我陪你去河里网虾子吧。我说我早就发誓再也不吃虾子了。树叶说,就这一次嘛,我也不再吃虾子了。祖父说,狗不吃屎我相信,你们这两个馋猫不吃虾子我不相信。我说爷爷你不要把人瞧扁了。树叶说,老头儿,行行好,把你这网借我们用一天。祖父说,不行,死活不行。树叶说,你把网借我们用一天,我送你一块铜管。树叶从墙缝里抽出一根约有一尺长的黄铜管子,用嘴一吹呜呜响。她说,这铜管值很多钱,做烟袋杆再合适也没有了,你要不要。祖父接过铜管,放到眼前,对着太阳照照,说,便宜你们了。他把铜管掖在腰里,把缠在竹竿上的网放下,说:你们仔细着,要是撕了我的网我可饶不了你们。树叶说:放心吧,要是撕了你的网,我把俺亲爹传给我那套银盘子银碗给你。祖父说:那样我巴望着你们把渔网撕出十二个大窟窿呢。树叶说:哥呀,你说咱这爷爷多么贪心多么坏吧。我笑着说:人老奸,驴老滑,兔子老了鹰难拿。母亲说:刚刚有口饭吃了,你们就老不像老小不像小了。祖父说:都是让莫洛亚这个老洋鬼子的阴魂给搅的。这些天来,一闭上眼,他就站在我面前,把那些膻羊奶往我脸上倒,拿他没法,想正经也正经不起来。我说:你听到了没有,树叶,爷爷也做起梦来了,但他的梦是注定不灵验的,因为莫洛亚先生再也不可能复活。树叶道:这些天我也老梦到他,他牵着一头瘦成骨头架子的老奶羊,在河堤上走来走去。还有我的娘,站在草地里喊我的名字。我说这都是白天思念的原因,可见你的梦也并不总是灵验。因为我们没有你那样一个大头呀,树叶说。连你也笑话我头大吗?我说。我哪敢笑话你呢,走吧,哥,咱快去网虾子吧,今日虾子多,适才我在河边站,看到虾子把河水都搅浑了。祖母蹲在水缸边上,用一柄小铁铲掘土,好像要栽种什么东西。我想上前问问,树叶说,你千万别招惹她,这几天她脾气特别大,无论对她说什么,她都啐你、骂你,这老东西情绪不正常。我们扛着网往河边跑。胡同里烟雾滚滚,好像有人在烧什么东西。我刚想问树叶,树叶就说:哥,你别说话,这是孙家姑奶奶在熬一种仙丹呢,你一说话,就给人家把专门盗仙丹的狐狸给招来了。河堤上不知被谁泼了许多水,滑得站不住脚,我们费力地往上爬,刚爬到能望到河水的地方,脚下一滑,哧溜就滑到底,就这样爬上去滑下来滑下来又爬上去,不知折腾了多少次,终于爬上了河堤。下河堤时我们蹲下,像在冰上滑行一样,一下就到了底。这时我感到水边的沙子很凉。我们想把网抖擞开,可那网纠缠成一团,越抖擞越乱,气得我一声声骂祖父故意整我们。树叶说,你别扯动,你是男人,解不开网扣的,你看我的吧,你闭上眼吧。我说好吧我闭上眼。我再睁眼时,看到那扇巨大的罾网已在灿烂的阳光中伸展开了,河里的虾子踊跃地跳跃着,宛若密集的雨点把河水打乱。我夸奖了树叶一句,她说,谁要你夸,只要你能娶我做你的媳妇,让我干什么我都愿意。我说让你学狗叫你也学吗?她说,当然,你听着。她立刻就瞪圆眼睛,竖起耳朵,噘起嘴,汪汪地叫起来,河堤上有一匹小狗跟着她叫,真狗的叫声经她的叫声一比,反而像假狗叫声一样。我佩服地拍拍她的屁股,她说,急什么,有你拍的时候。说着话,她就把那扇大网慢慢地沉到河水中去了。她双手拉着绳子,身子往后仰着,动作熟练、准确、优美,好像专干这一行的。网沉下去很深,水面上露着撑开网兜的那四根细竹。我说,拉吧,拉起来吧,我要吃虾子啦。她说,你等着,今日让你吃个够,你馋虾子馋了半辈子了,一次也没吃个够,也真是可怜,其实,捞几网虾子,是简单极了的事情。她拉着绳子,脚蹬住那根粗大的吊杆,身体往后仰,一把把地倒着绳子,渐渐地网露出来了,细密的网眼上,水膜叭叭地破裂着。我看到网的兜兜里像开了锅一样,无数的青虾子乱成一团。我的口腔里痒得不得了,甚至连食道、胃都发起痒来。我说你快点拉呀。网越起越高,终于完全脱离水面,那些虾子竟然随着水,漏到网下去了,网里什么都没有,连一只虾子毛也没有。我惊讶得不行,明明有无数的虾子在网里嘛,怎么一下子就漏光了呢?树叶说,道理很简单,网眼太大了。那祖父是怎么网住虾子的。树叶有些不高兴地说:你问我,我去问谁去!我说,你想个办法嘛。她说,有什么办法好想,这样吧,你去拔些青草,扔到网兜里,兴许就挡住虾子了呢。我一转身就把手伸到草丛里,把那些汁液碧绿的草拔出来,草根上沾着一些白色的蚂蚁卵,成群结队的蚂蚁在草窝里爬动着,有很多蚂蚁爬在我的脚上、腿上、胳膊上,我抖着手脚,想把蚂蚁抖掉,愈抖愈多,令人难过。我说怎么办呀树叶,你看这些该死的蚂蚁,它们想把我吃掉呢!树叶说,你快跑,你把手里的青草扔到网里去就跑到河堤上,迎着太阳吐唾沫,吹口哨,蚂蚁就不会缠你了。我遵照树叶的命令把青草扔网里跑上河堤对太阳吐唾沫吹口哨,果然蚂蚁没了。回头看到树叶又一次把网沉到河水中去了。如果这一网还拉不上来一只虾子我就不干了，我要回家去复习功课了。她哄着我，一脸成熟妇人的表情，仿佛我是她的儿子一样。她说好树根你下来，我对你打保票这一网能拉上来许多虾子，如果这一网还拉不上虾子来我就跳到河里去淹死。你淹死了我一个人活着还有什么意义呢？我对你说句悄悄话你千万别生气，咱俩要是结了婚，生出来的孩子保证又聪明又漂亮，你的杂种优势与我的大头相结合，保证孩子又聪明又漂亮。她咯咯地笑起来，说：杂交水稻高产，杂交人漂亮。她笑着就把网拉起来了，依然是满网沸腾，网完全出水后，我看到无数的青虾子附着在网底那些青草上，青草的颜色都看不到了，撑网的竿弯曲如弓，随时都会断裂似的。她在我的欢呼声中把网转到河堤与水面之间的平坦沙地上，我对着网中的青虾子扑过去，迫不及待地抓起一把，沉甸甸地、活泼泼地塞到口腔里。天，幸福得索索乱响、千钩百足的抓挠在我的口腔里在我的头脑里，我头上那些柔软的黄毛都像通了电流一样哗哗地响着直竖起来。我一把把地吞咽着虾子，眼睛里溢出了泪水。我问她吃不吃，她眼泪汪汪地看着我。我说你也吃吧树叶，她不吃，我抓起一把活虾子硬塞到她嘴里去，她一弯腰，哇啦一声，竟把那些美食吐出来，沾着血丝的虾子掉在河水中,僵一秒钟,发疯一般地逃窜了,虾子逃窜时激起成群结队的小水珠儿。我说你怎么啦,她说,自从我用呕吐的方法偷盗粮食后,任何食物都不能在我的胃里停留了。现在我再也不需要用筷子探喉咙催吐,只要我一低头一张嘴,胃里的东西就会奔涌而出。我心里很难过,这可怎么办,你这样不是要饿死吗?我一哭,胃里也翻腾起来,那些活虾子抓挠着我的胃壁,使我恶心,我一低头,嘴巴不由自主地张开,依然活泼的虾子连成串儿从我嘴里喷出来,落到河水中,也夹杂着血丝,也是先在水里僵一秒钟,然后疯狂逃窜。我不由自主地呕吐着,把今天吃的虾子,把过去吃的虾子,全部吐了出来,为什么说过去的虾子呢?因为我看到了我吐出了一些被开水烫过的橘红色的虾子。它们落入河水中,立刻变成了鱼儿的美食。呕吐停止了,我感到身体轻飘飘,头脑空荡荡,随时都有被风吹走的可能。这时,树叶说,哥呀,咱回家吧。于是我们便扔掉祖父的罾网,挽着胳膊,风一样轻快地往前走,树木、房屋在我们身边一闪而过,家门口也一闪而过,母亲在我们身后呼叫着我们,但我们无法停止。我们紧紧地搂抱在一起,我身体的每一个部位都感受到了她的凉爽的肌肤。她嘴巴里的苦涩、清新的草味儿让我想起了无数往事,逝去的往事又一次无比清晰地在我面前重演,就像重演一场戏一样,与我配戏的演员们任何一处失误——哪怕是错了一个台步、颠倒了一句台词、不准确了一个眼神——都无法逃避我的眼睛和耳朵,都引起我对他们的极度不满……

晨读的钟声响了,我爬起来,听着头上二层铺上的咯吱声,心中茫然若失,伸手至腿间,感觉一大片冰凉粘腻。

我没有向任何人告别,就背起书包离开了学校,与和树叶结婚比起来,别的一切都是无所谓的小事情。

河堤上围着一堆人,人群里传出母亲响亮的哭声,好像一只羊在鸣叫。我挤进去,看到平躺在一块苫片上、被河水泡胀了的树叶的尸体。

一个女人说:看这样起码有三个月了。

(一九九二年于北京)

幽默与趣味

第一章
幽默

一个炎热的星期日的中午，住在筒子楼第六层的某大学中文系教师王三正伏身在小方桌上为《中国诗歌大辞典》的《诗歌风格卷》撰写一些条目。这是应朋友之邀写的，可以捞点稿费。他写完了"雄奇"，又开始写"诡异"。诡异可以解释为奇异、怪诞，这是古典诗歌中比较少见的一种风格。这种风格的诗多表现离奇、荒诞的超现实内容……这时，有一只粘腻腻的手在他的脖子上拍了一下。他吃了一惊，跳起来，碰翻了桌上的墨水瓶。蓝色的墨水沿着桌子腿流到地上。房子只有十二平方米，里边安置着一张双人床、一台电冰箱、一台电视机、一张长沙发、一张婴儿床、一张小书桌、一只大衣柜,还有一些儿童玩具之类的东西,挤到不能再挤,所以那道蓝墨水很快就爬到杂物中去。拍他脖颈的人是他的妻子。王三是个瘦小的苏北人,他的妻子却是个肥胖高大的山东人。他的妻子是个退役的排球运动员,退役前只高不肥,退役后,尤其是生了孩子后,身体可怕地膨胀起来,那张破旧的弹簧床每天夜里都在她的压迫下痛苦地呻吟着。因为当初是大学生王三没命地追求排球运动员,所以现在大学教师王三对业余体校教师依然敬畏如虎。每当他与妻子对面而立时,他就感到自己猥琐得像只猴子,腿打弯,胳膊下垂,总有双腿站立不如四肢着地稳当的感觉。适才这件事,公道地说错不在王三,但是他却一个劲地哆嗦,背弓得像鱼钩,抬脸仰望着妻子两只大如排球的乳房和那张通红的满月大脸。他定睛在妻子唇上那些既像汗毛更像胡须的东西上,怯怯地说:"你拍我干什么?"

妻子说:"我本想让你跟我去厕所替我搓搓背——算了,去买个拖把吧!"

王三小心地跳过蓝墨水,从妻子的身边挤过去。

"过马路时小心点,别让车撞死你!"

他听到妻子在身后叮嘱自己,心里感到很凉爽。一瞬间他想起排球运动员当年的英姿,不由得摇了摇头。

他们家住在筒子楼的尽里头,走到楼梯口要穿越一道道的障碍。这些障碍由煤气罐、碗橱、破烂纸箱等构成。葱味蒜味烂西红柿的味道弥漫在走廊里。孩子哭老婆叫收音机唱的声音喧闹在走廊里。灯光昏黄在走廊里。大白天里开着灯这条走廊也像一条幽暗的隧道。走了六十道台阶,拐了六次弯,王三站在了马路的边缘上。强烈的阳光刺得他睁不开眼睛。他用手掌横在眼镜上方,借这点肉的阴影,睁开眼睛,寻找斑马线。

这打眼罩远望的习惯是在农村时养成的,认识排球运动员后,她多次讥笑他这个动作像《西游记》里的孙猴子,并要求他改掉这习惯,他也试图改正,但总也改不掉。

打眼罩远望时,他的腿罗圈着,背弓着,脖子前伸,下巴上扬,确实像只猴子。

找到斑马线后,他左右望了望,似乎没有车辆,便怯生生地往前走。刚走了三五步,就听到岗楼附近爆发了一声怒吼:

"站住!"

他不由自主地打了一个哆嗦,猛不丁地立住脚,惯性使他的脑袋十分夸张地往前探出去,很像一匹想伸头偷食草料的瘦马。一辆插着小红旗的三轮摩托车载着两位白衣警察从他面前飞驰而过。他摸摸胸口,感到心跳得很快,像一只被猎狗追赶着的野兔。他想赶快穿越斑马线,到马路对面去,寻找那家杂货铺,完成妻子交给的任务,才跨了一大步,又听到后边吼叫:

"站住!"

他赶紧把迈出去的腿收回来,身体尽量挺直,向高里发展,以免影响交通。岗楼那儿喊着:

"说你呐,那个戴眼镜的!"

他摸摸脸上的眼镜,惊惶不安地转过身去向岗楼那儿张望。一个黑脸的彪形警察大声嚷叫着什么,戴着雪白手套的手挥舞着,似乎在招呼他过去。他的双腿禁不住颤抖起来。

他眼睛直直地望着那位招手的警察,不敢不走地对着警察忸忸怩怩地挪过去。挪动了两步,就听到耳边犹如炸了雷似的响了一声断喝:

"站住!戴眼镜的,说你呐!"

他立即又停住脚步,看到一辆咬着一辆的豪华轿车大队高速度地从面前驰过。嗡——一辆皇冠——嗡——一辆奔驰——嗡——一辆奥迪——嗡——一辆尼桑——嗡——一辆红旗——五颜六色的车子像闪电一样从他眼前飞过，逼得他连思索的时间都没有。汽车轮子卷起的旋风强烈地吸引着他，灼热的气流里充斥着燃烧沥青的味道和烤煳橡胶的味道，还有燃烧不尽的汽油味道，熏得他头晕恶心。每驰过一辆车他就感到自己被刮掉一层皮，渐渐地他感到自己的身体变成了一张单薄的纸，怎么也立不稳，怎么也挺不直，时而弯向前，时而弓向后，在灼热的废气流中噼噼啪啪地抖索着。车辆甩起的黑沙子像密集的子弹打在纸上。他感到自己如纸的身体随时都有可能被吸引到车轮下，被碾成团儿，被搓成卷儿。越是这样想着，身体薄如一张白纸的感觉愈是强烈，愈是感到站不稳立不直，脚下没有一点根基，地球没有一点吸引力。他特别想找点东西扶一下，一棵树，一堵墙，一个人的肩膀，甚至是一棵比较粗壮的草。但是他眼前只有飞驰的豪华轿车洪流。嗡——一团绿——嗡——一团红——嗡——一团黑——嗡——一团蓝——嗡嗡嗡嗡嗡嗡嗡，赤橙黄绿青蓝紫，五彩缤纷颜色，由一股股黑白气流连缀着，变成了一条令人齿寒的恶龙，甭说走，只怕插翅也难飞越它。

强烈的阳光照耀在贼亮的、快速移动的车壳上，反射出一束束锐利的光芒，刺着他的眼睛刺着他的身体，使他的眼睛瞎了，使他如纸的躯体上千疮百孔。他感到汗水泡软了纸片,随时都会瘫倒,似乎连一秒钟也支持不下去了。他绝望地闭上眼睛。闭上眼睛身体更加轻飘飘了。彩色的车龙此时仿佛在围绕着自己团团旋转,彩色的气流团团旋转,那张纸——他的身体在车流与气流中的巨大漩涡里扭曲成一股细绳,扭呀扭,愈扭愈热,终于扭断,终于燃烧,变成一股蒸气,变成一缕白烟。大学中文系教师王三哀鸣着:"我蒸发了!我燃烧了!"

后来他感到自己的思想已经脱离躯壳,而躯壳则变成一坨半干的牛粪,紧贴在马路中央的一根斑马线上。他的思想漂浮在车流上空三米处,同样团团旋转着,俯视着旋转的车、旋转的气体。旋转的车与旋转的气体混成一个旋转的光环,没有一处破绽,要想突破比登天还难。

他的思想在半空中突然想起了一个简短的故事:说一个小孩子在田野里打死了一条小蛇,一群大蛇发现了,便追小孩。小孩跑回家,对妈妈说了危险,妈妈急中生智,将孩子倒扣在一口大缸里。蛇群追进家门,围着大缸转了几圈,便爬走了。小孩的妈妈揭开大缸一看,发现孩子已变成一堆枯骨。

他甚至已经看到自己的躯体变成了一堆白骨,绝望和恐惧使他大叫了一声。他的屁股沉重地跌在了马路上。这一跌竟使那些幻觉消失了,但真实的情景——那条飞驰着的豪华车龙,也足以让他胆战心惊了。

终于过去了一辆殿后的大轿车,绿灯亮起,积压良久的行人像潮水一样从他对面涌过来。他发现自己狼狈地坐在马路上,慌忙站起来,双腿抖得难以自持。他感到大腿间湿漉漉的,一时竟弄不清是什么原因。

他脑子里迷迷糊糊,竟忘记了自己为什么要站在马路中央,抬头前望,发现那位适才对着自己招过手的黑面警察还在对着自己招手。警察的脸上,似乎挂着一层溶化沥青似的微笑,这使得丁三灼热的精神凉爽起来,他有些迫不及待地向警察走去。

他的腿一移动,就像从水里突然把脑袋伸出来一样,巨雷般的吼叫与嘈杂的喧闹声猛然地闯进他的耳鼓,他听到那位警察喊叫:

"戴眼镜的,过来!"

他像一只猴子一样在人的躯体间钻动着,终于站在了黑面警察对面。警察腰里悬挂着一根长及腿弯的像咽喉管子一样形状的黑色警棍。在相当于盲肠的部位上,还悬挂着一个赭红色的皮革枪套。站在警察面前的感觉竟然跟站在妻子面前的感觉有类似之处,于是,他就像惯常对付妻子一样,傻乎乎地笑起来。黑面警察伸出手,捏住了大学教师长长的蒜锤子形状的下巴,把他的傻笑撕裂了。

下巴上的痛苦使他立即意识到警察与妻子的鲜明区别,他感到警察的手像铁钳一样坚硬。

警察把他捏到岗楼后边,一棵叶片肥大的法国梧桐树下,松了手,愤怒地问:

"你是不是活够了!"

他非常真诚地回答:"没有,还没有,我想把我的儿子抚养成人后再死。"

警察很可能把大学教师这真诚的回答错认为是玩世不恭,是对自己的嘲弄,所以,他半握着拳头,在王三的肩头上轻轻地砸了一下,便砸得王三身体倾斜,龇牙咧嘴,语调里带出哭腔来:"真的呀,我没说假话,我现在真不想死,到国庆节时我才满四十岁,我儿子刚六岁,我怎么能死呢?"

警察脸上表现出哭笑不得的神情,悻悻地问:

"既然不想死,为什么闯红灯?"

"我老婆赶我去买拖把……"

"我没问你老婆!"

"她原先是排球队员,现在是业余体校的教练……"

"我问你为什么闯红灯!"警察几乎是怒吼了。

"我……我色盲……"大学教师狡猾地撒了谎。

"你是干什么的?"警察问。

"我是大学教师,教古典文学的,我正在家写书,我老婆拍了我一掌,我一起身,把墨水瓶闯翻了,我老婆……"

"你老婆揍了你一顿,然后赶你出来买拖把!"警察打断他的话头,嘲讽道,"买回拖把你还要擦地板,对不对?"

"对,"他说,"希望你不要罚我的款。"

警察挥挥手,不耐烦地说:"去去去,看不清红绿灯,跟着别人走!"

他毕敬毕恭地对着警察鞠了一躬,警察已经转过身去。他胆怯地扯了一下警察的衣角,警察迅速转回身来,严厉地问:

"你想干什么?"

他又鞠了一躬,怯怯地问:"我可以走了吗?"

警察笑得像哭一样,大声地但充满同情心地说:

"难道还要我把你背到马路对面去吗?!"

他连连点头哈腰,说:"不敢当,不敢当,我自己能过去,我自己能过去。"

警察又说:"真是个宝贝!"说完就像逃避蛇蝎般

匆匆走了。他目送着警察走远，心里洋溢着胜利感、自豪感和对这个同情自己的高大警察的满腔感激，转身回到马路边。

他又站在人行横道的边缘了，那些白色的斑马线似乎是一道道难以逾越的障碍，横在他的面前。他注视着路对面的信号灯，果然就分不清红绿了。难道撒了一个谎就真的成了色盲？他揉着眼睛，安慰着自己：可能是阳光把眼睛刺激麻痹了，暂分不清红绿；或者是信号灯失灵了；或者是停了电；不可能是警察睡了觉，因为这儿的信号灯是自动控制，岗楼里没有人。他左盼右顾着，发现路上没有车辆后，又随即发现一个穿着粉红色连衣裙的、大腿修长的、腰细如马蜂的、戴着米黄色草帽的、皮肤很白嫩的、臀部很发达很诱人的——有些大学生甚至把"臀"字读成"殿"字，他鄙夷地想——穿着高跟皮凉鞋和肉色连腔丝袜的、走起路来屁股一扭一扭的、身体一耸一耸——尽管我没看到她的正面，但她一定很美丽——的美丽姑娘，尾巴一样的头发撅儿撅儿在脑后的美丽姑娘，大摇大摆地迈着小碎步儿，"咯噔咯噔"地从他的身旁走进了斑马线里。他想起了黑面警察的教导"看不清红绿灯，可以跟着行人走"，我可不是追姑娘！他急匆匆地追着那唤起他心中若干非分之想的粉红姑娘跑进了斑马线。一声尖利的刹车声在他的耳畔响起,他一侧脸,看到一辆紫红色的"桑塔纳"牌轿车停在离他身体只有半米远的地方。他的头"嗡"地一声响,他感到自己的头在一秒钟的光景里像只气球一样膨胀起来,飘飘冉冉欲拔颈升腾而去,脑子里一片空白。车辆与路面急剧摩擦冒出的黑烟和焦煳的橡胶臭气飘到他的眼前。他感到这尖厉的刹车声像一把利刃把自己的思想划破了。他看到车门缓缓打开,一个身穿黑西服、留着寸头的精壮司机从车里钻出来。他本能地向后退着,退着。脸色苍白的司机向前逼着,逼着。他看到司机的步伐凌乱,身体有些摇晃。他的脚后跟碰到马路牙子上,腿弯子一打软,顺势就瘫坐在马路上了。司机伸出手,揪住了他的衬衣领子,把他提了起来。他感到脖子勒住了,呼吸不畅。司机的手痉挛着,猛地往前一推,他一屁股跌在水泥墩子铺成的人行道上,尾骨一阵尖锐的痛楚,一直上升到脖颈。他看到司机咬牙切齿地说:

"他妈的,今日要是压死你,怨谁?"

王三的眼泪一下子涌出来,他哭着说:"师傅,好师傅,怨我,怨我,压死我活该,活该!"

司机长出了一口气,神情复杂地看了王三一分钟,然后，走回到他的车边，钻进汽车，缓缓地把车开走了。王三满怀悲哀地目送着紫红轿车，发现它跑得很慢，好像一条挨了沉重打击的狗。

王三从人行道上爬起来，找了一棵法国梧桐当靠山，先是站着，后来背沿着树往下滑，慢慢地就坐在树根上了。他身上冷汗淋漓，畏畏缩缩地去看那斑马线，一看到那两道乌黑的轮胎擦痕，他就像被电击了一样全身抽搐起来。他深刻地体会到了：真正的恐怖不是死，而是死里逃生后的后怕。他想方才要是司机的反应稍微慢一点，自己就葬身车轮之下了。他仿佛看到了自己血肉模糊的尸体、挤出的肠子、涂在斑马线上的脑浆。他眼泪又一次涌出来，恐怖与自卑一起折磨着他。我怎么这样笨？我怎么这般窝囊？他想，这个大城市太可怕了。苏北一望无际的原野出现在他的眼前，那平坦的乡间土路上，行走着悠闲的黄牛，田野里风动着碧绿的稼禾，弯曲的河道里缓慢流动着清明的水，水边生长着茂密的芦苇，鸟儿鸣叫，牧歌响亮。他想起了昨天写过的条目"闲适"：闲适是一种恬适、雅静的诗歌风格。追求舒适、闲静，原是古代封建文人的一种生活情绪，是统治阶级享乐主义的一种表现形式，带有明显的阶级烙印。他想这样的解释纯属胡说八道。他准备回家后立即重写"闲适"条目。又有几个中学生模样的大男孩骑着自行车从斑马线上横穿过去，来往的汽车都为他们减速。他开始痛恨自己，勇气缓慢地生长起来。你是堂堂的大学教师，在这个城市里有正式的户口，你是这城市的一个光明正大的市民，难道连条马路都过不去吗？他站起来，四下里望望，并没发现有谁在注意自己。他拍拍裤子上的土，整整衣服，挺起胸膛，他下决心像那粉红姑娘一样，大摇大摆地横穿斑马线，他鼓励着自己：你没有任何理由自卑！你一定能安全地穿过马路！不是人怕汽车，而是汽车怕人。

他三次站在人行横道的边缘上，那两道乌黑的擦痕又一次让他的脑袋膨胀，刚刚鼓舞起来的勇气又差不多消耗殆尽了。他想：索性回家去吧，对妻子撒个谎，就说杂货店里的拖把卖光了。

这时，一个好机会降临了。他先是听到身后传来一阵叽叽喳喳的叫声，继而就看到某幼儿园的几十名孩子，由两位阿姨领着，向人行横道走过来。两位阿姨，一在队伍的前头，一在队伍的后头，她们两位扯起一根长长的红绳子，孩子们的手腕都套在绳子扣上仿佛红枝条上结着一串果实。

他听到前头的阿姨说："抓好绳子，过马路了。"

他非常想伸手抓住那红绳子。

孩子的队伍慢慢地穿过马路,来往的车辆都停了下来。这情景感动得王三鼻子酸溜溜的,他感到这个城市里美好的东西确实不少。

他在幼儿队伍的掩护下,跨越了斑马线。

王三挤进了杂货商店,寻找卖拖把的柜台。找到了。有两位穿着白制服、胸脯上别着号码牌的女售货员正在诡秘地谈论着什么。他猥猥琐琐地靠到柜台前,他看到售货员用蔑视和厌恶的目光看着自己。他立即感到自惭形秽。他仿佛闻到了自己身体正在散发着动物园中的动物身上那种腐臭的味道,他简直不敢前进一步了。两个女售货员,一个很年轻,另一个很老。老的脸上有一块月牙形的明亮疤痕,年轻的一脸雀斑。她们丑陋的容貌使他的自卑感消失了不少。他想我是大学教师,你们俩不过是两个站柜台的,有什么了不起!这样想着他靠到了柜台前,并且用双手按住了柜台上的玻璃。这时他闻到了狐狸的味道。他想这两个女人中必有一个有狐臭,或者两个都有狐臭。他的腰笔直地挺起来。他说:

"同志,我买个拖把。"

脸上有疤的老女人看了他一眼,用手掌扇着鼻子前的空气说:

"什么味道?"

他感到她的眼睛盯着自己。脸上有雀斑的小女人也用手扇着风说:"真臭!"

王三感到脸皮燥热起来。他降低了声音说:

"师傅,我买根拖把。"

老女人从背后抽出一根蓝红两色布条扎成的拖把递过来,恶声恶气地说:

"六块四毛九!"

王三更喜欢那根用白布条结扎成的拖把,但他不敢麻烦女售货员,慌慌张张地从兜里往外掏钱,却发现口袋里空空荡荡。汗水一下子满了脸。他记起自己出门时忘了拿钱。他脸上流汗是因为空麻烦了售货员。

王三结结巴巴地说:

"对不起,我的钱,我的钱丢了……"

他又一次撒了谎。

老售货员仇视着他,把拖把从柜台上拿起,狠狠地扔到身后的拖把堆里。

"对不起……"王三连连道歉着,"实在是对不起……"

雀斑脸售货员又跟疤脸售货员诡秘地交谈起来,好像王三的道歉连放屁都不如。

王三悲愤交加地走出杂货商店。

斑马线又横在了他的眼前。

有两位腰扎皮带、臂戴红袖标的老年妇女正在横过马路,王三立刻跟上了她们。他知道这些蹒跚着"解放脚"的老太太都是业余警察,她们上管国家大事,下管鸡毛蒜皮,权力大得无边无沿,连警察都怕三分。跟着她们过马路万无一失。

跨越了约有四五条斑马线时,王三一眼看到了那两条乌黑的轮胎擦痕,他的心一下子抖了起来。——也是该着出事,这时恰好又响起一声尖利的刹车声,王三像只被热水猛泼着的鸡一样,条件反射地扑到一个老太太胸前寻求保护——也许他的手碰到了那老太太的乳房了吧?——老太尖叫一声,伸出五根尖锐的手指,在大学教师的瘦脸上抓了一把。他感到脸上火辣辣的。看到那两个老太太虎视眈眈地逼上来,他仓皇地后退着,甚至忘了躲避车辆。他听到老太太骂:

"流氓!竟敢占老娘的便宜!"

"不不不,"他举着双手辩解着,"我不是故意的……我是大学教师,知识分子……"

"哼!中国的事坏就坏在你们这些知识分子手里!"老太太骂着,把双手举到王三面前,那十根弯曲的手指像老鹰的爪子一样,闪烁着钢铁一样的光芒。王三一阵胆寒,顾不上辩解,忘了车辆,掉转身子,踩着斑马线,往马路对过窜去。

他听到身前身后身左身右都响起"嘎唧嘎唧"的紧急刹车声,他感到自己的脑袋像气球一样炸裂了。他跑上人行道,看到那些诸如"抓流氓""抓小偷""抓坏人"的时代熟语像一根根雪白的木棍子,在他的头上纵横交错地飞舞着,逃生的念头鼓舞着他的双腿。他感到自己跑得空前的快。

大学教师在人行道上飞跑着,迎面驰来的许多自行车躲躲闪闪地给他让着路。他看到自行车上那些红男绿女惊讶的、兴奋的神情。他没有一丝一毫的疲倦感,却感到一种因为衣服急剧摩擦皮肤而产生的微弱快感,为了增强这快感,他加速地奔跑,后来他感到自己整个人都浸泡在幸福的潮水里了。他感到四肢矫健灵活,犹如森林中的猿猴;身体浑圆滑溜,宛如淤泥中的泥鳅。他宛转自如地在自行车的密林中游动着,无数次地,都是当急速冲来的自行车即将闯上自己的身体时自己身体一侧就回避了。路边的树木刷着白石灰的树干像一排等距排列的士兵,一个砸着另一个,连绵不断地扑倒在地。体育场的绿色铁栅栏像剪刀一样剪着他的身影。他感到这次奔跑正是二十年前在故乡河边那次狂奔的继续。那次他是追赶爱情，那次他与同班女生汪小梅看完了《钢铁是怎样炼成的》，被保尔·柯察金与林务官女儿冬妮娅的爱情深深地麻醉着，他们尝试着接了一次枯燥无味的吻之后便开始追逐，模仿着保尔和冬妮娅的追逐。汪小梅是学校里的田径明星，正好扮演着善跑的冬妮娅。王三那时是个满头乱毛的野小子，恰好符合了保尔的身份。他们在河边上，踩着柔软的绿草飞跑，在奔跑的过程中因为衣服摩擦皮肤王三的快感产生了，在追逐汪小梅的狂奔中王三进入了青春期。那时河边的芦苇如轻浪一浪一浪追逐着，那时河中的流水像一匹明晃晃的绸缎，那时在狂奔结束时汪小梅按照书上的程式把后背靠在王三的胸膛上，那时王三突破了书上的程式发展了保尔·柯察金胆怯地用手按住了汪小梅的小青苹果一样的坚硬乳房，那时汪小梅回头捅了王三一拳又踢了王三一脚，红着脸骂王三流氓说王三不照着《钢铁是怎样炼成的》这本青年教科书去做。那时王三还想狡辩那时汪小梅说保尔根本没摸过冬妮娅。那时王三说肯定摸了只不过作者怕羞把这细节省略了。那时两个人为这问题争论不休，那时王三只好说我错了我今后一定改正，那时他嘴里认着错眼睛却着了魔般地盯着那两个青香蕉苹果盯得汪小梅满脸挂彩。那时他又按捺不住地伸出手去抚摸苹果，他想象着那苹果上还挂着一层白粉霜呢。那时汪小梅半推半就是一朵"豆蔻开花二月初"满面的娇羞，那时王三霸蛮强硬。那时汪小梅咕嘟着小嘴像个花骨朵儿说不让你摸不让你摸男人摸了长得快长得大俺姐说男人手中有酵母一摸就发了馒头。那时王三根本不听她的莺歌燕语硬摸了，她一声呻吟少女时代结束了。那时他们又接了一次吻这一次跟上一次感觉大不一样，他感到她的身体烫得像感冒病人一样她的呻吟像一个成熟的妇人了。那时他就模模糊糊地意识到爱情是一种发展迅速的病毒。那时他与汪小梅好得如胶似漆，那时他的酵母使汪小梅如雨后春笋一般茁壮拔高，很快就高出了王三一个头，两个头，后来汪小梅被选拔到省里当了排球运动员。现在王三自己感觉到跑得比那次还要潇洒，他甚至忘记了自己为什么狂奔，好像他不是一个被追赶的"流氓"而是一个追逐逝去青春与爱情的健将。铛！一声破锣响。咚咚咚，一阵乱鼓鸣。他从迷醉中惊醒了。

气喘吁吁、筋疲力尽的大学教师王三从浪漫的少年梦中解脱出来，满身冒着热汗，跌在了这个腐臭城市的人行道上。在一排绿色的铁皮垃圾桶旁，他踩着一块西瓜皮，像无聊的滑稽剧中的丑角一样，夸张地挥舞着手臂,滑行了数米,然后沉重地跌在垃圾桶之间。他的身体像一枚炸弹,轰起了成群结队的苍蝇。他想干脆就死在这里罢了,但远远地看到由那两位红袖标老大娘率领着的追捕大军正呐喊着逼近。巨大的恐怖动员起大学教师最后的气力,他跳起来,继续往前跑。这时又一声破裂的锣响在他的耳畔炸开,紧随着锣声还有咚咚的擂鼓声。他歪了一下脸,看到毒辣的阳光底下,摆着一张方桌,桌上摆着一盆开败了的君子兰花,桌周站着几位老太太,插着几面油腻的彩旗,旗在阳光中垂着头,老太太们则敲着锣打着鼓,满脸油汗闪光,神情极为生动。一个瘪嘴的老大娘颤悠悠地喊:开展全民灭鼠运动——人人有责哪——咣,咚咚咣——王三被这些业余警官们吓怕了苦胆,绕着他们向一条窄街窜去。他听到后边那两老太太在喊:老姐妹们,截住那个流氓呀!王三一回头,看到正在进行灭鼠宣传的那几位老太太停止了敲锣打鼓,眼睛瞪得溜圆,蓝光闪烁,像狸猫的眼睛一样,像正要对老鼠发起突袭的狸猫一样。她们的尖利的长指甲像慈禧太后的长指甲一样,表现出法律的威严,一下就能挖出人的眼球。只看了她们一眼王三就吓得屁滚尿流。他放着精神性的响屁抱头鼠窜,他知道落到这群老女人手里绝没有好下场,不被她们咬死也要被她们骂死。在逃跑时他恍惚记起了自己的家,智力在绝望中诞生,这样奔跑下去难以逃脱猫的追捕,急中生智他想起了家,家是避难所,"街上有惊涛骇浪,家是平静的港湾"。于是他在奔跑中辨别环境,这条斜街很陌生,仓皇的逃窜已使他失掉了方位感,在这座迷宫般的城市里他几乎从来就没有分清过东西南北,何况在逃命的过程中,唯一的出路是沿着斜街奔跑,一条斜街里蹿出的猫吓了他一跳,也使他发现了一条小胡同。他一拐弯进了小胡同,穿胡同而过,竟然迎面看到了一幅巨大的广告牌,广告牌向人们广告着罐装猕猴桃饮料的丰富营养,丰富营养通过那绿毛青脸的大猴子表现出来,它津津有味地喝着猕猴桃饮料。看到了这广告王三激动无比,因为这广告牌后面就是他家所在的那栋楼房,他曾经无数次地站在这广告牌下注视那只猴子,好像和它交流思想感情。猴子的眼睛是用一种能够在暗夜里放光芒的新型颜料所画,王三在夜晚时趴在窗台上就能看到这灼灼的猴眼。他是个喜欢耽溺在沉思中自娱的男人,每当受到了生气的女排运动员的痛打后,便从注视猴眼中得到安慰。他幻想着自己变成猴子,在茂密的丛林中上蹿下跳着,渴了饮山间清冽的泉水,饿了吃树上新鲜的果实。不久前的一天,妻子骑着他的背,用大巴掌扇着他的屁股，他忍痛不住，一句妙语涌到嘴边：你再欺负我，我就变成猴子。当时他的妻子笑出了声，他趁机从她的胯下钻出来，非常严肃地说：我不是跟你开玩笑。他指着窗外边那广告牌上闪闪放光的绿毛大猴子，说：它已经给了我信息，你再打我我就变成一只猴子。说完这话，他看到妻子痴痴地看那匹正在夕阳里喝饮料的猴子，脸上渐渐变了色。这件事王三本已忘记，现在竟清晰地浮上心头。是啊，他向着那广告牌跑着，想，我为什么不变成一只猴子？为什么不呢？这个念头执拗地纠缠着他，使他感到一种麻醉的安全。他现在是轻车熟路地往自己的家奔去，他几乎不怕那些追捕者了，他钻进门洞，跳跃着楼梯，想，我不怕你们，我一回到家立即变成一只猴子，让你们永远也无法找到我。他已经体验到一种类似猿猴的快乐，他感到腿脚空前的灵活，每次跳跃都富有弹性，一跳就是二级台阶，甚至跳四级，奋力一跳竟然可达五级。就这样他飘飘欲猴地跳完六十级台阶、跑完幽暗而深邃的走廊，然后努力撞开自家的那扇唯一的门。他感到眼前白光闪闪，定眼看到闪烁白光的是自己高大肥胖的妻子。她正在用一条黑乎乎的毛巾蘸着脏水在背上来回"拉锯"。她几乎是赤身裸体。房门洞开，她尖叫一声，一个鱼跃跳到门后。她的反应十分敏锐但身体的动作却很笨拙,这是发了福的体育人才的共同特征。她推上门,回头大骂:王三,我打死你这个流氓!

她高高地举起拳头,冲着王三的脑袋擂下去。在她的拳头下落的过程中,她发现丈夫的身体萎缩了。发生在她眼前的事情令人难以置信:大学教师王三在一分钟内,变成了一只瑟瑟发抖的绿毛青脸的雄性猿猴。

第二章
与

这位高高地举着大拳头的高大女人正是当年的汪小梅。无情的岁月是如何把一个天真活泼、身段苗条的少女变成了一个性情暴戾、身体膨胀的女人的?心中悲伤的作者在这里不想叙述。作者是汪小梅和王三的同乡又是好友,少时在同一所学校念书,长大又在同一座城市混饭,他当然有能力把汪小梅的变化过程描述清楚,但是他不愿意。王三由大学教师变成猴子,这变化比汪小梅的变化要重要得多,这变化使汪小梅的变化显得不值一提。听到王三变成猴子的消息后,作者并没有过分吃惊,因为他曾经多次开玩笑说王三像只猴子。后来又听说汪小梅和王三双双失踪了，他也没怎么吃惊，他知道中国的知识分子是笼中的鸟儿，关在笼子里时，天天叽叽喳喳，甚至还用头去撞笼子的铁条，但真的放他们飞，用不了几天就会飞回来。所以当王三和汪小梅的学校派人来调查时，他却打保票说他们会回来的。后来果然就回来了。回来后王三还当他的大学教师，汪小梅还当她的体校教员，好像什么事情也没有发生一样。作者曾问过王三变成猴子的感觉，王三说没什么感觉，变成猴子之后的事他全部不记得，变成猴子之前的事还记着。作者也采访过汪小梅，汪小梅很简略地说了一些王三变成猴子之后她的生活过程。本文的第一部分根据王三的谈话编写，第三部分根据汪小梅的谈话编写。王三参与编写的《诗歌大辞典》最近出版了，他赚了一些稿费，尝到了甜头，现在又在写一篇研究卡夫卡《变形记》的文章，这些文章研究角度独特，水平不低。汪小梅对待王三的态度大有好转，她正在服食一种叫作"月见草油"的减肥剂，有些效果。他们两口子一般不愿跟人谈变猴子的事，对朋友可以例外，所以如有研究生物的遗传与变异的朋友对此事感兴趣，可以通过我与王三和汪小梅联系。因为这件看起来很荒诞的事情里，肯定潜藏着一柄解开人类世界大奥秘的钥匙。解开这奥秘的人,将比达尔文还要伟大。当然这研究将冒很大的风险,这是个飞蛾扑火的差事,"姜太公钓鱼——愿者上钩"!

第三章
趣味

她高举着的拳头僵在了半空。她的怒骂断绝在喉咙中,好像一块卡住了的黏痰。她看到丈夫只有流露着恐惧的眼睛没有变化,其他的部位都在迅速地抽搐着、萎缩着,在抽搐中萎缩在萎缩中抽搐着。他的腰背佝偻了,四肢弯曲了,衣服滑落,眼镜跌落,嘴唇缩进,牙床凸出,耳朵变薄,脖子变粗,拇指变长。绿色的细毛突然迸出来,像皮肤上爆起鸡皮疙瘩一样迅速。最可怕的是:一条粗大油滑的尾巴从它的两腿间缓慢地长下来,一直触到地面上。适才还站立着她丈夫的那个角落里,现在站着一匹真正的狮狲。它生着一身碧绿的毛,一张青色的面孔,双腿弯曲着,身体在发着抖,只有那两只可怜的眼睛里放射出的光芒还是属于丈夫的。她的惊愕无以言表。她感到一股团团旋转的小北风缠住了裸露的肉体,适才还闷热的房间突然变得寒气砭骨。她感到在一瞬间周身的血液停止了循环、心脏停止了跳动、肺叶停止了翕合、肠胃停止了蠕动。当这些器官恢复正常时,她感到有一阵剧烈的悲伤情绪袭来,咸滋滋的眼泪盈眶而出,黏稠的冷汗湿了她的全身,她感到了空前的惊惧、困惑和忧虑,胳膊像中枪的鸟翅一样垂挂下来,从她的大张开的嘴巴里,发出了马嘶一样的哭声。"不,不,这不会是真的!"她尖利地鸣叫着,用手背揉着眼睛,仔细地看着那只猴子,猴子也用求饶的、可怜的眼睛看着她。她绝望地看到,丈夫的肮脏的衬衣、长裤连同那条遮不住鸟的裤衩,一团破布似的萎靡在猴子的脚下,好像某些动物蜕下来的旧皮。那只黄了框的眼镜跌在地上,断了一条腿。铁打的事实摆在她的面前,自己的身为大学教师的丈夫已经变成了猴子。这时,她突然想起了丈夫不久前说过的话:你要是再敢打我,我就变成猴子!

她感到非常后悔,王三任劳任怨的劳动精神和逆来顺受的宝贵品格突然闪烁出耀眼的光芒。她情不自禁地向猴子扑了过去,嘴里大叫着:三啊三,是我错了啊⋯⋯

她本想把猴子抱在怀里,用自己的温柔的肉感化它,但变成猴子的丈夫果然也就具有了猴子的敏锐,他从她的胳肢窝里油滑地钻过去,等她转过身来,发现它已蹲在冰箱的顶上,狡猾地眨动着黑眼睛,又短又薄的嘴唇往后咧着,龇出两排雪白的牙,模样十分狰狞——也许是顽皮,也许是抗议——要准确地判断它的表情还需要时间。尤其让汪小梅难以接受的是:一条绿油油的长尾巴,从她的丈夫——从猴子的双腿间垂下来。

她胸中澎湃的激情冷却了许多,但她还是试图靠近它,尽管事实如铁一样坚硬,但她在感情上还是难以接受这事实。她往冰箱前靠了一步,猴子把身体耸耸,背紧紧地贴在了冰箱后的墙壁上,它的两条后腿支起来,积蓄着力量,准备跳跃。它的牙龇得更加突出,并发出了吱吱的鸣叫声。这叫声已经是纯粹的猴子的声音了。

她站在猴子面前,因为借助了冰箱的高度,她与它的目光可以平视,居高临下十几年的优势陡然消除之后,她感到精神空虚,心灵内疚。她抽泣着,让一滴滴的清泪打在膨胀如球的双乳上,她自己认为这种姿态是最有魅力的召唤丈夫的姿态。她呼噜呼噜地哭着说:

"三啊三,是我不对,是我不好,我不该打你,不该欺负你,看在咱俩夫妻十几年的分上你变回来吧,看在咱俩青梅竹马的分上你变回来吧,看在保尔·柯察金和冬妮娅的分上你变回来吧……"

她的诉说差不多接近了字字血、声声泪的程度,猴子龇着嘴,眼睛滴溜溜转。她看着它那两只单薄地从绿毛中耸出来的粉红色的大耳朵,继续诉说:

"三啊三,我的话你难道听不见?常言道'一日夫妻百日恩',我即便有千错万错,到底也与你同床共枕十余年,还为你生了个儿子,'不看僧面看佛面',看在咱们儿子的面子上,你也要变回来。你一变倒轻松了,撇下我和儿子怎么办?我没有了丈夫怨我自作自受,可儿子不能没有爸爸呀。你要是遭了车祸,得了急症,挨了枪崩,横死竖死,也有个讲说,可你变成猴子,有人问起儿子说你爸爸呢,你让他怎么回答?你让他说,我爸爸变成了猴子?三啊三,我承认我不对了,人生在世,谁还能没点错误?谁还能没点缺点?'人无完人,金无足赤',连毛主席他老人家都说过:有缺点错误不要紧,只要改正了就是好同志。三啊三,只要你变回来,我保证痛改前非,像当年在河边追逐时那样敬你爱你,你的衣服我来洗,你的饭我来做,儿子的事情我来管,一切的一切我负责,我一定全力以赴地当好后勤,支持你干事业,我这辈子就这么着了。我愿为了你牺牲,让你踩着我的高大肩头,攀登到事业的珠穆朗玛峰上去。到了那时候,咱也就有了两室一厅的单元,甚至装上了电话,甚至在厕所里安装上了热水器,每天你都能洗个热水澡。三啊三,幸福的生活在向我们招手,求求你,变回来吧,趁着儿子不在家你快变回来吧……"

尽管她说得天花乱坠,猴子依然是猴子。但事情并不是没有转机,她兴奋地发现,当提到儿子时,猴子的眼里涌出了泪水。这说明它人性未泯。它的身体虽然变成了猴子,但它的思想还是大学中文系教师王三。她抓住这时机,鼓动如簧之舌,继续劝说。汪小梅原本是惯用拳头代替语言的妻子,能连篇累牍地演说,连她自己都感到惊异。她试图往前靠近,她想只要能把猴子抱在怀里,只要能把那颗猴头夹在自己的双乳之间,天大的冤仇也会化解,猴子就会变成王三。她说:

"三啊三,我的亲人,你难道不知道,我打你骂你其实是疼你爱你的表现吗?有时我出手重了些,但这并不是我的本意,你知道我当过女排的主攻手,人送外号'铁巴掌',有时我只想轻轻地拍你一下,可能就把你拍得龇牙咧嘴,请你原谅吧。你是个男子汉大丈夫,不要和我妇道人家一般见识,今后我连一指头也不戳你就是,三啊三,变回来吧,变吧,你要是害羞,我就转回头,闭上眼?或者,你更愿意在我怀里变?来吧,三,我愿意,来,搂着我你来变,我闭上眼……"

她张开胳膊,闭上眼睛,等待着猴子扑进怀中来。但这时房门被猛烈地敲响了。

她恼怒地睁开眼,看到猴子从冰箱上纵身一跃,跃到窗框上方那两根暖气管子上悬挂起来。她愤怒万分地拉开房门,几乎赤身裸体地挡住了门口,面对着那些扁着地瓜脚,瘦着皱皮嘴,蓬着花白毛,戴着红袖标(这一点至关重要,即便是流浪汉,只要戴上红袖标好人也害怕),提着锣,夹着白木棍子,撇着南腔北调的代表着法律和道德的老太太们。

"你们干什么?"体校女教员气势汹汹地问。

她满身的肉光晃得老太太们昏花了眼,一个个把手掌罩在眼眉上方,往屋里张望。

一个满口胶东话的老太太说:"有一个流氓跑到你屋里来了!"

另一个满口京腔的老太太说:"瘦得像猴一样,戴着一副眼镜。"

两个老太太说着就要往屋里挤,体校教员不由得怒火中烧,双臂一伸,就如铜墙铁壁。她红着眼问:"谁给你们的权力让你们搜查民宅?"

胶东口音老太太一拍胸脯,指指红袖标,理直气壮地说:"人民给俺的权力!"

体校教员感到有一股炽烈的火焰在胸膛中燃烧,她很客气地伸出大手,捏住了老太太尖尖的鼻子。老太太的鼻子似乎涂了一层苍蝇屎之类的东西,又黏又腻,令体校教员心中生出极端的厌恶。她松了手指,攥成拳头,对准老太太的脑袋,像当年在运动场上击打排球那样,猛击了一下。老太太像一条装满了沙土的脏口袋,一声不吭地歪倒在走廊里,歪倒的过程中她的胳膊打翻了对门人家摆在煤气灶上的钢精锅子,让半锅子稀饭泼洒了出来,泼洒到她的同伙身上,更多地泼洒到她自己身上,钢精锅子在她胸膛上打了一个滚,然后清脆地响着跌在水泥地上。老太太们呼着:"打死人啦,打死人啦!"乱纷纷往外撤,摆满杂物的狭窄走廊里,响起一片碰撞之声。走廊两侧的住家们都拿起简易的防护武器,守住了门口,看着这群业余警察狼狈不堪地逃窜过去。体校教员看着那躺在地上呼呼喘粗气的老太太,心中只有仇恨没有害怕,她恶狠狠地说:"你愿意躺在这里就躺在这里好了。"她从自家的煤气罐旁,提起一把热水瓶,拔了塞子,让一线热水慢慢地往老女人裸露的肌肤上流。老太太鬼叫着爬起来,呼唤着逃走的姐妹们,自己也一歪一扭地跑,一边跑一边骂着:"臊×,

你等着!"她花白的头发凌乱如麻,满身脏泥,看着怪可怜的。

体校教员关上门,插住了插销,背靠到门上,裸露的肌肤感受到了门上那些凉森森的铁器件。马路上的热风把沾满了尘土、印着椰子树图案的绿色窗帘布吹起来,透过残破的纱网她看到了窗外白杨树的树冠,听到了树上叶片被风吹动发出的哗啦啦的响声。蝉在树冠中间枯燥地鸣叫着。她还看到了被树冠遮住了部分的猕猴桃饮料广告牌,巨大的猴头在明亮的阳光中宛若活物一样。体校教员不敢与它对视。她从门后横拉起的铁丝上扯下一条毛巾,擦了擦眼,然后,抑制不住地大声哭泣起来。她哭着说:"三,你的仇我已替你报了,我的错我也认了,你如果还不变回来,你就太不像话了……"

她哭着,仰起脸来,看到猴子蹲在暖气管子上,那条尾巴更加突出而明显地垂挂在窗框上方的明亮光线里。她冲着它哭,它却对着她龇牙咧嘴。体校教员心中渐渐生出愤怒来,她走到窗下,一个立地拔葱,想揪住它的尾巴,但她的如意算盘落了空。她的意图太明显了,她的身体太笨拙了,猴子的反应太敏捷了。她的手指尖刚触到它毛茸茸的尾巴梢,猴子便从她的头上一个飞跃,滑稽而轻松地跳到了衣柜的顶上。它的尾巴扫起柜顶的灰尘，迷了她的眼睛。

她说："你可以不管我，但你总不能不管你的儿子吧？我这就去接他回来，希望你能给儿子留下个好印象。变不变由你决定吧！"

她匆匆穿上衣服，走出房门，在外边把门锁了。她从门的缝隙里盯着猴子，看到它坐在柜子顶上，圆圆的黑眼睛里闪烁着忧郁的光芒。它好像在沉思。

体校教员从自己的堂叔家把六岁的儿子王小三接回来，这是个六岁的小家伙，秋天准备上学。因为儿子与堂叔的小孙子一块去了动物园，所以她坐等了很长时间。坐在堂叔家里，她心神不定，坐立不安。她的堂婶说：你如果有事就先回去吧，待会儿让你叔把小三送回去就是。她说：不。她一直等到傍晚，堂叔才领着孩子回来。她牵着儿子的手返回时，沉沉西下的红日把街道的树木照射得金灿灿的，显得很温柔又很凄凉。

她带着儿子坐了三站路的电车，下车后拐进了王三奔逃过的那条斜街。她也看到了那些敲锣打鼓地宣传灭鼠的老太太们。她想起了挨了皮拳的那位老太太，她想此事也许会有些麻烦，但无论什么麻烦也比不上丈夫变成了猴子麻烦。她牵着儿子的手，问："小三，去动物园看了什么？"

小三大声说:"看了猴子!"

她心头一震,心里泛起一股难以言状的滋味。她别有用心地问:"儿子,告诉妈妈,猴子好吗?"

小三说:"好,猴子好玩。"

她问:"小三,要是你爸爸变成猴子,你怕吗?"

小家伙欢呼起来:"好呀,好呀,爸爸变成猴子啦!"

她拉着儿子的手,不再说话,一步步往家里挪。她期望着中午所见到的是个梦境,她期望着一推开家门,就会看到瘦如猴子的王三伏案编写着《诗歌大辞典》。她既想回家又怕回家。如果丈夫已变回来,她想回家,如果丈夫依然是只猴子呢?

在那块迎面扑来的巨大广告牌前,她惊悚地停住脚。看到广告牌上猴子双眼灼灼,充满灵感,她深信丈夫变形与这幅广告有绝对的关系。

"妈妈,你看猴子吗?"王小三扯着她的手指问。

她感到无法回答这个问题。她转过头去,望着掩映在白杨树冠里的自家那个油漆剥落的窗户。窗户里漆黑一团,白杨树冠上叶子千片万片,光闪闪的,宛若悬挂了一树金币。

"妈妈,回家吧,我饿了。"王小三说。

她想，事情已经发生了，躲也躲不过。她弯腰把儿子抱起来，侥幸地想：但愿这是一场噩梦。

爬完楼梯，拐进此时已亮了昏黄灯光的走廊，家家户户都在烹饪，油烟浓烈，油锅吱啦啦地响着。正在做饭的人都衣衫不整，蓬头垢面。走廊里的煤气味儿几乎到达了令人无法呼吸的程度。她像往常一样不跟任何人打招呼，躲躲闪闪地走着。她感到这些人的目光都鬼鬼祟祟的，仿佛都知道了她家里的事。

她受刑般地走完走廊，回到自家门口。站在门口掏钥匙时，她真诚地乞求上帝：上帝啊，保佑我丈夫变回人形吧！将钥匙插进锁眼，用力一别，这一瞬间她感到眼前直冒绿星星。屋里黑咕隆咚的。她把儿子搡进屋子，急速地把门顶住。她闭着眼睛拉开了灯绳，光明骤然塞满了整个房间。当然，猴子依然是猴子，它蹲在冰箱上，正在打瞌睡，灯光一亮，它受了惊吓，一个蹿跳上了衣柜顶。

体校教员软绵绵地跌坐在地上。她此时的内心里有一点百感交集的意思。儿子王小三惊喜万分地大声嚷叫起来："猴子！妈妈，猴子，妈妈，咱家有一只猴子！"

猴子在柜子顶上吱吱地叫起来。王小三紧张地抱住体校教员的腿。他见过铁栅栏里的猴子，但没见过房间里的猴子，所以他有点害怕。

体校教员抱起儿子，强压住呜咽，让泪水满面涌流。她对着猴子说："王三，你这个畜生！我恨你！"

王小三问："妈妈，你怎么又骂爸爸？爸爸哪里去了？"

她咬着牙根说："你爸爸……到外地出差去了。"

王小三很矫情地拍着手，说："好啊，爸爸出差去给我买了只猴子，爸爸让小猴子跟我做伴，是不是妈妈？"

体校教员无言可对。她抬头看看猴子，低头看看儿子，低声咕哝着："王三，你要是还有一点点人味，就想法变回来。"

"妈妈，你说什么？"王小三问。

她拍拍儿子的头，严肃地说："小三，咱家有一只猴子的事，千万不要对别人说，知道吗？"

王小三不解地问："为什么？"

她说："这猴子是爸爸从森林里好不容易捉来的，万一被别人知道了，动物园里的叔叔阿姨就会把它弄到动物园里去，那样，你就不能和它玩了。"

"告诉李东东也不行吗？"王小三问。

"谁也不能告诉，这事儿只能你和妈妈知道。"她紧紧地抓住儿子的肩膀，叮嘱道，"妈妈的话，你记住了没有？"

王小三认真地点点头。

"你在屋子里别动，我出去做饭给你吃。"

"不给小猴子吃吗？"

"他想吃就吃吧！"她无可奈何地说。

她把该用的东西一次端出去，然后随手带上门。她感到走廊里的人又在看自己，便低了头，匆匆干活。在油锅吱吱啦啦的响声里，她听到儿子在屋子里欢乐地笑着、吆喝着。

等她把饭菜端回屋里时，看到儿子正与猴子在屋子里撒欢儿。猴子从柜上跳到冰箱上，又从冰箱跳到床上，再从床上跳到窗台上……真正地上蹿下跳。儿子追逐着它。它故意地去逗引儿子。

"妈妈，小猴子真好玩！"王小三吆喝着。

体校教员鼻子一阵酸。她把饭菜摆在小方桌上，说："儿子，吃饭吧。"

她安排儿子坐下，然后冷冷对着猴子说："不想与你的儿子同桌进餐吗？"

王小三警惕地问："妈妈，您跟猴子说话？"

体校教员没有吱声。按照惯例，她摆开了三套碗筷。丈夫的位置在那儿。

"妈妈，爸爸真的出差去了？"王小三问。

"真的。"

"爸爸到哪儿出差？"

"到很远很远的地方。"

"再远也得有个名字呀！"

"对，再远也得有名字。"

"花果山，"她竟然用嘲讽的口吻说，"水帘洞。"

王小三拍着手，用这个城市里的儿童惯用的娇嗲嗲的口吻说："嘿！妈妈真逗，把爸爸送到孙悟空家里去了。"

"吃饭吧！"她大声地命令着儿子，自己也端起了饭碗，胡乱塞进一口饭，咀嚼时，泪水竟滴进碗里。

这时，猴子轻巧地从窗台上跃下来，用两条后腿支着身体，熟练但十分笨拙地走过来。它的步态蹒跚，像一个刚学步的婴儿。

她辛酸地注视着它，它也直直地注视着她。从它的眼睛里，她又看到了丈夫。她始终存在着丈夫突然变回人形的幻想，就像他突然变为猴子那样变化。这变化的契机处处存在，也许它一坐在熟悉的饭桌前，就会突然变化。于是她对着它，用手指指它平常坐惯了的那只小木凳。猴子受到鼓励,挪到饭桌前,装模作样地坐了下来。她闻到它身上散发出一股酸溜溜的臭气,看到几只粉红的跳蚤在它青色的肚皮上爬动。她感到有些反胃。这百分之百的是一只猴子,没有半点丈夫的踪影,于是她想白天发生的一切,包括现在正在持续着的情景都是一场大梦的组成部分,也许丈夫果真是到外地去了,这猴子也许是从动物园里逃窜出来,流落到了民间。猴子伸出一只青色的趾爪弯曲的手,搔耳朵后边的毛。王小三递给它一双筷子,它接过去,放到胳肢窝里夹住。王小三夹给他半条咸鱼,它接鱼时让筷子落在地上。它用一只前爪把鱼按到嘴边,开始了龇牙咧嘴眨巴眼睛的进食过程。可能是咸鱼太咸了,也可能是鱼刺扎了它的嘴,它扔掉嚼得黏糊糊的带鱼,抓耳挠腮,嘴里发出怪叫声。王小三恐怖地将身体靠到体校教员的腿边。他悲哀地叫了一声:"妈妈!"体校教员紧紧地搂住儿子,定定地,用含义复杂的眼神看着猴子的眼睛,然后她叹了一口气,慢悠悠地伸出筷子,在它的肚皮上戳了一下,猴子一声尖叫,跳了起来,几个连环腾跳,它又悬挂在暖气管子上,像一个硕大的果实。

吃过晚饭后,王小三闹着要看电视。星期日晚上有《动物世界》。她心灰意冷地为儿子开了电视,然后麻木地坐在床沿上,看到各色的化妆品涂抹着一张张妖冶的女人脸庞,听着那些女人们虚情假意地既推销化妆品又推销自己的矫揉造作的声音。儿子几乎与电视同步地复述着广告中那些无聊的话语:著名影星××为什么能够永葆青春?我用珍珠增白粉蜜!三九胃泰,够威够力。医生我得了乳腺增生,请用特制新药"乳癖消"。广告连篇累牍,长得仿佛万里长城。终于到达了嘉峪关。电视屏幕上一片昏暗之后,赵忠祥那鼻音浓重的解说声响起,好像预先安排好似的,这晚上的动物世界的主人公们竟破了天荒地是中国特产:黄山猴子。黄山的猴子比亚马孙河畔茂密的热带雨林里的猴子和爪哇岛的猴子更具有亲切性,更具有鲜明的民族特色,更令体校教员惊悚万分。难道事情仅仅是偶然地碰到一起吗?她不由得偷偷观察蹲在暖气管子上的猴子,发现它也像儿子一样,聚精会神地盯着屏幕。屏幕上出现黄山秀丽奇特的山峰,出现了那棵饱受屈辱的迎客松。她记得丈夫曾说过:黄山的迎客松是个受侮辱与受损害的形象,它是一头暴怒的雄狮,鬃毛怒张,恨不得把所有的客人撕成碎片,何迎之有?她记得丈夫还写过一首"诗":我是迎客松这是你送给我的名字/你们没问我同意不同意/我生长在悬崖边/扎根在石头里/可怜已长了数百年/才长成这形状/有了人我就倒霉/人吃得越饱我越倒霉/我无权拒绝人的抚摸与攀折/我连最下等的妓女都不如/妓女还可以拒绝接客/我无权拒绝/妓女仅仅接受男人的欺凌/妓女还能得到钱/我全不能够我忍受男人更得忍受女人/不论是丑还是美/是无耻文人还是流氓政客/都拥着我拽着我/搂着我抱着我/把我的形象留在他们身边/挂在各种各样的场所/作为他们的光荣历程之一页/我被剥掉了千万层皮/血管都裸露了出来/我每日每夜都在风里颤抖/在雨里流泪/在雷电中怒吼/人我痛恨你们/你们不要把肉麻当有趣/我盼望着早日跌到悬崖下粉身碎骨/让你们听到风在山涧中滚动/那是愤怒的老树精灵根哀鸣。体校教员文艺细胞不多,凭直觉觉得这首诗仿佛不错,那时他们新婚不久,生活里还有点点蜂蜜的味道,她记得王三朗诵这首《迎客松》时那神采飞扬的样子。她劝他拿去发表,第一换点钱第二出出名。她记得王三非常严肃地说:"不行不行,这首诗太尖锐了,一旦发表,会震动千家万户甚至惊动党和国家的领导人。"他说要把这首诗"藏之抽屉,以传后世"。将近十年过去,她想起了这首诗,不由得看了看抽屉。诗句在她的脑海里颠来倒去着,她记得很牢。像布哈林的小妻子背熟了布哈林的遗书一样,她当时在王三的敦促下背熟了这首诗,竟然十年不忘，可见自己的记忆力依然不错，如果不是干上了体育没准也能当个女作家女诗人什么的。在胡思乱想中黄山的猴群跳跃在森林里，摄像机不时地把一只只猴子的特写镜头拉到屏幕上，让他们对着观众龇牙咧嘴，吱哇乱叫。赵忠祥说这是一个内部等级森严的家长式社会，有首领就有争权夺位因而猴群里就有政治、战争与和平。用拟人化的语言介绍它们听来很有趣，这也是惯用的"幽默"伎俩。赵忠祥说动物学家给这群猴子里的每一只猴子都命了名，如"破耳朵""缺指头""蓝面孔"之类，这些都是根据各位"该猴"的生理特征命的名，并不十分有趣；有趣的命名是给那只曾经担任过最高领导后被赶下台的老猴子的，因为它经常一个猴坐在岩石上沉思默想，有点像决策中的政治家，可能是叫"政治家"太刺激了，赵忠祥说动物学家称这匹老猴子为"思想家"。"思想家"呆呆地蹲在一棵树杈上，看着群猴在它面前玩着各种把戏：追逐的、打秋千的、梳毛的、捉虫子的。摄像机镜头对准了猴群的新领袖，有两匹曾经侍候过"思想家"的母猴子正在给新领袖梳毛捉虫子。这情景应该像刀子一样戳着"思想家"的心吧？它忧伤的眼神说明了这一点。后来又出现了猴子们交尾的画面，尽管是遮遮掩掩地一闪而过，但王小三还是惊喜地喊叫着:"妈妈,快看!"

"看什么?"她反问着。

王小三畏畏缩缩地说:"不看什么。"

"不看什么你穷吆喝什么!"她说。

王小三突然说:"妈妈,电视上的猴子都有名字,咱们也给我们家的猴子起个名字吧。"

她想名字是十分现成的,可以叫它"王三",因为它是王三化成的;也可以叫它"大学教师",因为王三是大学教师。

一种恶作剧的情绪在她心里产生了,她说:"叫它'王三'怎么样?"

儿子激烈地反对:"妈妈坏,妈妈坏透了!爸爸才是王三呢,猴子怎么会是王三?"

"那就叫它'大学教师'吧!"她平淡地说着,恶作剧的情绪已经消逝了。

"也不行!"儿子说,"爸爸才是大学教师!"

她说:"妈妈没文化,你来起吧!"

王小三摇晃着圆溜溜的小猴头,咬着嘴唇,看样子是在搜肠刮肚。赵忠祥正在解释猴子的表情和动作所代表的内心感情:龇牙咧嘴表示欢乐,拍打肚腹表示愤怒,等等。她想这倒是很有用处的一课,看情况自己必须熟悉这种动物的一切，才能适应目前的家庭状况，这时王小三叫起来：

"妈妈，我们叫它刘慧芳怎么样？"

体校教师看过几集《渴望》，知道刘慧芳是《渴望》的女主人公，在她身上集中了东方女性所有的美德，但她由衷地讨厌这个人物，可能是因为她自己太不贤惠了，所以才厌恶特别贤惠的女性吧？她恶声恶气地说：

"不好！"

儿子的积极性受到沉重的打击，他沉吟着说："叫刘慧芳不好，那能叫什么呢？"

"刘慧芳是个女人，猴子是公的！"她像是要证明自己的否决完全正确一样，大声说，尽管她自己清楚她的否定并不缘于猴子和刘慧芳的性别。

儿子的积极性又膨胀起来，他说：

"有了，妈妈，咱叫它宋大成吧！"

她摇摇头说："也不好，宋大成太胖了。"

儿子失望地说："那只好叫王沪生了。但是我不喜欢王沪生。"

她拍了一下儿子的头颅，说："王沪生好，就叫它王沪生吧。"

儿子别别扭扭地说："好吧，就叫王沪生吧！"他紧接着补充了一句,"妈妈你忒像徐月娟。"

她无可奈何地叹了一口气。

电视屏幕上的猴子攀附着树枝,渐渐隐去,《动物世界》结束了。

她关掉电视,督促儿子上床睡觉。儿子求告着:"妈妈,让我跟'王沪生'玩一会儿再睡,好妈妈,行吗?"

她抬起头来,仰望着那龇牙咧嘴的猴子,根据赵忠祥的解说,它龇牙咧嘴,表示的是一种欢乐的感情。你欢乐什么呢?今后的日子可怎么过,她忧虑忡忡,感到极端的绝望。她听到儿子喊:

"'王沪生',下来,陪我玩一会儿!"

"王沪生"果然一跃而下,落在了床铺上。儿子欢笑着扑上去。猴子与儿子折腾起来,狭小的房间里顿时响起了噼里啪啦的声音。她呆呆地看着它们,心中一片迷蒙。

整整一个夜晚,汪小梅没敢合眼睛。扰乱着她的心绪让她无法入睡的不是恐惧也不是愤怒而是一种焦虑。她感到坐着不舒服,躺着不舒服,只有走动着比较舒服。儿子带着甜蜜而满足的笑容在他的小床上睡了。这小床已经明显地短了,她本来是想等丈夫的稿费来了后给儿子买张新床的。丈夫的稿纸和笔凌乱地摆在那张小桌子上,丈夫却变成了猴子蹲在暖气管子上打盹。这《诗歌大辞典》的条目怕是永远也写不完了,她悲哀地想。她不停地走动导致腿脚沉重,腿肚子里仿佛灌进了铅水。大约是凌晨一点的光景,她坐在床上,脱掉了衣服,仰在床上,脑子倒海翻江地折腾了几十个小时,已经处于混乱状态。她仰着,本想伸手拉灭灯,但看到那猴子满身青翠的丝毛,就索性让灯亮着。后来她想还是把灯灭掉好,也许在黑暗中猴子会变成丈夫。她迷迷糊糊地说:"王三,这是你最后的机会了。"说完,她一伸胳膊,啪哒一声将灯拉灭了。

灭灯后她沉入黑暗之中,想起暖气管子上蹲着的那个毛茸茸的东西,她感到有些胆怯,她克制着自己没有开灯。路灯的微弱光芒射到房间里来,所有的物体都有些朦胧,她偷偷地观察着猴子。它蹲在那里一动不动,两只猴眼却渐渐地放出幽蓝的光芒来。后半夜了,灼热的城市冷却下来,清凉的夜风穿透窗户上的纱网,一丝一缕地钻进房间,抚摸着她裸露的肌肤,她感到很舒服。躺在床上她能够看到被路灯青蓝的光芒照亮了的绿油油的白杨叶片,而无法看到的杨树后边的画着大猴子的广告牌却突然占据了她的脑海。这时她感到丈夫的变形是这只猴子的一个杰作，变形后的丈夫必须接受广告牌上猴子的支配。她的恐惧产生的原因是丈夫猴子背后站着一只满怀阴谋的猴子。如果是王三一人变化，即便他变成一只鳄鱼，体校教员也不会怕，因为他虽然变了外形但灵魂无法变化。一瞬间她就要折身起来拉灯绳了，但这时却有一团毛茸茸的东西压在了她的胸脯上。她头脑异乎寻常地清楚，肉体却如僵死了一般。她拼命地挣扎也无济于事。她更加明白了，作祟的不是猴子丈夫而是广告牌上那只大猴子。她看到了猴子丈夫轻捷地从暖气管子上跃了下来。它的身体在空中划出一道绿油油的美丽弧线。她听到了它落在地上时的轻微声响。她竭尽全力挣扎着，连她自己都听到了自己的喉咙里发出沉闷的吼叫声。她听到了儿子均匀的鼾声。一个古老的故事涌上她的心：她听说有一种猴精是专门吸食婴儿脑髓的。难道王三要吸食王小三的脑髓？他难道会如此没有人性吗？一个变成猴子的父亲还会有人性？她更加焦急了。她想自己关灯上床是一个严重的错误。窗外的树叶子哗啦啦地响起来，后来这哗啦啦的声响与一个令人发竖皮紧的冷笑混合在一起。她绝望地看到猴子在房间里慢腾腾地活动着，时而两腿站立行走，时而四肢着地爬行。它跃上衣柜跃上书桌跃上冰箱……它充分利用着空间。它拍了儿子的小床，甚至用弯曲的爪子去抚摸儿子的面庞。体校教员感到悲剧将产生，她几乎要昏过去了，但悲剧的事情没有发生，猴子似乎没有恶意。它蹒跚着走到冰箱边，令人惊讶地用两只前肢拉开了冰箱的门，冰箱里的灯光扑到猴子的脸上，使它的面孔显得异常生动。它伸出爪子去戳了戳一块冻得硬邦邦的肥膘肉。冰箱里的味道扑出去，充满在房间里。它拉开了冰箱的最下边一格，抓出了一个皱了皮的苹果，咔嚓咔嚓地啃起来。它吃得蛮有滋味呢。看到它吃苹果的样子，体校教员对它能否再变成王三已经彻底绝望了。它已经与动物园里的猴子没有任何区别了。在痛苦挣扎中她想也许应该去为他买一些水果了。

后来它又蹦到窗台上去呲啦啦地撒了一泡极臊的猴尿，幸好它是对准了纱网撒尿，尿水一股股地落到白杨树冠里去了。体校教员想到了它的排泄问题，不可能让它去厕所，不可能在房间里挖厕所，只能在房间里摆一个盛着干沙土的旧脸盆，必须训练它把屎尿排泄在脸盆里。她曾经看到过朋友家养的猫就是排泄在装着干沙的旧脸盆里。她想猴子是灵长类动物，是人类的表兄弟，训练起来可能比猫容易。

再后来她看到猴子一步步走到床边，走到她的面前。她感到猴子冰凉的但十分温柔的爪子开始抚摸她的肉体,摸得她浑身爆出鸡皮疙瘩。她闻到了猴子身上的味道。她不知道接下来猴子还将干什么事情。她非常恐怖地想到自己正处在排卵时期。她甚至看到自己已经生出了一只毛茸茸的小猴子。她怪叫一声。这一声怪叫冲出了喉咙,冲开了压迫着她的部分神经的梦魇。她周身冷汗,半死不活地躺着,听着自己的怪叫的余音在房间里袅袅地飘荡着。

她拉开灯。猴子电一般地蹿到柜子上去了。她一直坐到天亮。

第二天一早,她把儿子送到幼儿园里去。儿子迷恋猴子,哭了足有十分钟。然后她到公用电话亭给自己的单位和丈夫的学校打了电话,撒了一通弥天大谎,说丈夫和儿子一起发了高烧。

走出电话亭,她觉得自己倒真正有些发烧。正是上班时间,每一条街上都流淌着车水马龙,有一台洒水车不合时宜地在斜街上洒水,惹得群众骂街。喷水车喷洒出的水线被阳光戏着,折射出许多绚丽的好看颜色。她听到一个被水淋湿了裤子的小伙子骂这个世界上的人都他妈的有病了。她感到头晕眼花,浑身无力,六神无主。她盲目地在街上游荡着,一直到了上午九点多钟。

后来她清醒过来，想无论如何也要活下去，头痛欲裂，先看病吧。她们单位的合同医院离此地不远，她走到这家医院门口又心血来潮地跳上一辆公共汽车，坐了十几站路，在一所大医院门前下了车。

她挂了一个内科的号，买了一张病历，找到内科的门口，坐在走廊里的凳子上等叫。不知等了多久，她被叫了进去，一个戴眼镜的中年男医生示意她坐下。她坐下。医生问她怎么啦，她张口结舌地说不出话来。医生用狐疑的目光盯着她，她感到医生的眼睛把自己的心事看透了。医生又问了一句什么话，她没有听清楚。她说：大夫，你说该怎么办？医生说什么该怎么办？她说我丈夫的事该怎么办？医生看看病历和挂号单又看看她的脸，说你丈夫怎么了？她说你不是都知道了吗？医生红着脸说我知道什么？她说你知道我丈夫变成猴子啦你能不能想个办法让他变回来？医生吃惊地跳起来说你挂错了号了重新挂号去吧挂精神科！她对医生的态度不满意，说：我丈夫真的变成了一只猴子你不要以为我在撒谎！医生说去吧去吧重新挂号去吧先去看你自己的病然后再说你丈夫的事。她说我丈夫比我重要他是大学教师他正在写文章还要给学生上课你想法把他变回来吧。医生起身跑出去了，一会儿带着几个穿白衬衣的女人回来了，她看到这几个女人都很粗壮结实也像改行的运动员。一个女的很野蛮地问你是哪个单位的？她不高兴地说你管我是哪个单位的干什么。几个女的一齐上来说你快走不要在这捣乱再捣乱我们用电电你。她说你们凭什么用电电我！一个女人说你有精神病！她说你才有精神病我丈夫变成了猴子千真万确你们不想法治疗还污蔑我医德何在。一个女人说把你丈夫送动物园里去就行了治什么！她很冲动地扑上去想打那个出言不逊的女人，胳膊却被拧住了，这几个女人都很有力气，连拉加拽地把她拖出了内科诊断室。她挣扎着骂她们，她们把她拖到二楼上去果真用一根电棒子触了她一下，她一下子就晕了过去。一会儿她醒过来，一个女人拿着电棍子说你走不走不走还电你！她感到怒火满胸腔，但确实怕那电棍子的厉害，无奈，只得强压怒火，骂几句脏话，冲出了医院门诊大楼。

在大街上她徘徊了许久，然后坐上公共汽车，她记得自己好像要去一个专治精神病的医院，却鬼使神差般地在自然博物馆前下了车。然后她买了一张门票进入展厅。这地方她很熟悉，几乎每隔一个星期就要来一次。频繁地到这里来并不是她对这里感兴趣，她对这里不感兴趣，她儿子对这里特别感兴趣，一进去就拽不出来。

什么恐龙呀，猿人呀，儿子一边看一边像个饱学的老头子一样嘴里嘀嘀咕咕。她曾经把这现象告诉过王三，王三说这是好现象。她进入展厅后第一次感到这里的一切令人触目惊心。过去被忽视的东西现在十分鲜明地凸出出来。这个展厅雄辩地证明着的一个熟透了的理论——人是由猿猴进化而来！——像一道辉煌而狰狞的九龙壁横在了她的面前，每一个字就是一条张牙舞爪的狂龙。站在那些图画和模拟塑像面前，她意识到自己拐弯抹角来到这里并不是鬼使神差。一切都跟丈夫变成猴子有关。她是来寻找例证的。既然猴子能够变成人（尽管是极其缓慢的），那么人变成猴子就不是完全彻底的荒诞。这是虽然荒诞但有根据的变化。她记得与王三谈恋爱时，这个大学中文系的学生曾经十分耐心给她讲过很多文学，有古代的有现代的，有中国的有外国的。现在她回忆起古今中外的文学中讲了许多人与神物之间互相变化的故事，譬如狐狸变人、人变甲虫等等。当时她是左耳听右耳冒，现在竟然还能再现那些十分清楚的印象。她又一次意识到自己的记忆力非常之好。她站在一排装着人类胚胎发育各阶段标本的大玻璃瓶子前，突然发现，人在母腹中的短短九个月，实际上是人由兽变为人的缩影。在最初阶段，人的胚胎与猴子胚胎几乎没有区别,这就说明,每个人的身上都隐藏着一种变成猴子的因素,只要机会合适,每个人都可以变化。每个人都有可能变成猴子。她想,这不是倒退吗?但她立即又想到,在学校里听老师讲马克思主义时,老师说任何事物的变化发展都呈一种螺旋状。猴子变成人,人变成猴子,然后再由猴子变成人。如此循环往复以至无穷。教师说这种循环不是简单的重复,而是在原来基础上的提高。想到此她郁闷的胸腔里袭进了一股清风,昏昏沉沉的头脑清醒了许多。生活果然如天上的彩霞一样绚丽与地下的乱麻一样复杂:适才还是绝路一条,现在忽然大有希望。她想按照政治教师的理论,丈夫的这次变化仅仅是一次对王三的否定——猴子否定了王三——随后而来的应该是王三再否定猴子。但否定了猴子的王三已经不是原来的王三,而是在更高层次上的王三了。她一直对王三的碌碌无为不满意,这下好了,完成了否定之否定发展变化过程的王三必将以卓越的头脑创造出辉煌业绩。对未来的美好前景的憧憬使体校教员心情极好。她腿脚轻飘飘地走出了自然博物馆。上了汽车后她还回望着这所有些破旧了的建筑物,对它充满了感激之情。

在临近家门的水果摊上,她买了一包水果,有鸭梨,有苹果,有香蕉。她想起了猕猴桃。找到了猕猴桃,这种毛茸茸的形似狗卵的东西,价格昂贵,她犹豫半天,最后还是咬牙买了四颗。

转眼到了星期六,下午必须去幼儿园把全托的王小三接回来。

这六天在体校教员的感觉里,几乎长过了六年。她在企盼与焦虑中过日子,她在恐惧与愤怒中过日子。她企盼猴子尽快变化成王三;她焦虑着猴子越来越像猴子;她恐惧猴子趁自己睡熟时在自己身上做出什么事来还恐惧丈夫变成猴子的消息传出去;她愤怒猴子在本就小的空间里不停地上蹿下跳,胡拉乱尿搞得她一刻也不得安宁。

她一直没去上班,业余体校是个纪律松弛的单位,没人过问。丈夫的大学可是名牌大学,星期三即来电话催问。电话是要到走廊里公用电话那儿,一个曾在市动物园饲养过河马和海豹的退休老职工来敲门传呼。在开门的瞬间,她看到眼窝深凹进去、动作古怪的老头满怀鬼胎地往屋里扫了一眼。这一眼扫得她心慌意乱。她看到他敏感地抽搐着鼻子,像在嗅什么味道。她想他一定嗅到了猴子的味道。在电话里,她又对丈夫的领导撒了谎,说王三上吐下泻,病得起不了床。

下午她锁好门走下楼梯,准备去幼儿园接王小三。

走到半路上,忽然又想起了锁门时似乎没听到锁舌弹入锁口时那咔嗒一响。如果没锁住门——肯定没锁住门——无法收拾的情景在她眼前晃动起来:猴子跑了出来在走廊里蹿跳邻居冲进了房间观看猴子。于是她急匆匆原路回家,上楼时,几乎与那个河马饲养员撞了个满怀。河马饲养员用河马般阴沉的目光逼视着她,她没有道歉她开始怕这个恨这个老家伙她大步流星地穿过走廊,到达自家房间的门口。门口一团漆黑。她推了推门,门锁得很牢。她感到自己的神经确实出了毛病。她摸出钥匙拧开了门,看到猴子蹲在枕头上,手里捧着一本像砖头那么厚的字典在观看。一见到她进来,它扔掉字典,尖叫着,按照它既定的登高路线,由床头到冰箱由冰箱到衣柜由衣柜到暖气管子。它蹲在房间的制高点上,用不愉快的眼神看着她。她看看跌在床下的字典,看看居高临下的猴子,心中陡然翻腾起热浪:这是王三变成猴子之后第一次接触书本!猴子原本是王三与文化之间的障碍,现在它拿起了书本,变成了王三通向文化的中介。就像多数中介都必将消解在两个终端事物之间一样,猴子的消解也是必然的,甚至可以说已经开始。有一股酸酸的感觉压在她的鼻梁上,使她的鼻腔发炎,热热的清液从她的眼睛里沁出。她激动得嗓子打着颤抖对猴子说:"三啊三,我的好孩子,你别怕,看到你看书你不知道我的心里是何等的高兴,看吧,你大胆地看吧,你最好到你的书桌前写你的文章……"

她替猴子拉亮了灯,锁好了门。反复推拉证明确实锁好了门,她满怀希望地走,走着,走着,走到儿子的幼儿园。

她看到儿子瘦了许多,瘦出了一些猴模样。她问:"儿子,你怎么啦?"

王小三眼泪汪汪地说:"妈妈,我想猴子。"

不愉快的情绪立刻又泛滥起来,但她还是强装着笑脸说:"猴子在家里,一会儿你就可以看到它了。"

她拉着儿子的手正要走,幼儿园大班的肥胖范小姐叫住了她。范小姐与体校教员私交很好,当初全托王小三时就是走了她的后门。

范小姐问:"大姐,你们家弄了一只猴子?"

体校教员大吃一惊,忙说:"没有没有,我们家又不是动物园,弄只猴子干什么?"

"就是嘛,你们家又不是动物园,养猴子干什么。"体校教员认为,范小姐用别有用意的口吻说,"可你们的儿子这一周吃饭不好好吃,睡觉不好好睡,哭着嚷着要回家看猴子。"

范小姐用细长的眼睛盯着体校教员，体校教员掩饰道："他爸爸给他买了一个猴子玩具。"

范小姐说："怪不得呢。"

体校教员抱着儿子走出幼儿园大门。对儿子的泄密行为她很恼火。走到一个僻静处，她严肃地问儿子："小三，你为什么不听我的话把我们家的机密泄露给人？"

王小三夹着两眼泪花说："妈妈，我错了，你打我吧……"

体校教员看着儿子这副小可怜的样子，无可奈何地叹了一口气，说："反正已经泄露了打你有什么用。"

一进家门，王小三一声欢呼，猴子一声尖叫，人和猴就闹到一堆去了。体校教员绝望地看到：那本大字典已经被猴子撕得粉碎，床上、地下都是字典的尸骸。

第二天上午，体校教员坐在床边麻木不仁地看着儿子和猴子厮闹，这时房门被敲响了。她警觉地站起来，问："谁？"

门外有一个熟悉的男子声音响起："大嫂，是我。"

"你是谁？"体校教员问。

"我是小许呀，王三老师的同事。"

"你来干什么？"她毫无礼貌地问。

门外的人似乎愣了一下,然后说:"听说王老师病了,我来看看他。"

"他不在家。"

"大嫂,我把王老师的工资带来了,还有一些他的信件,另外,系领导让我跟王老师谈一些事情。"

体校教员认识这位小许,他是王三的好朋友。即便王三不在家也没有理由把人家拒之门外。她很着急地看着孩子,发现猴子已经竖起耳朵听门外的动静。它的眼神里还具有明显的王三特征。她的目光在房间里转动,非常自然地她看到了衣柜。她对着门外说:"你等一等。"

她附着儿子的耳朵叮嘱了许多话,然后,开了衣柜门,一把揪住猴子的脖子,将它塞进了衣柜。这是她第一次接触猴子的皮毛。猴子咧着嘴,发出吱吱哇哇的叫声。她顾不了许多,迅速地关好柜门,并上了锁。她略为收拾了一下凌乱不堪的房间,再次叮咛了儿子几句,然后,拔掉门上的插销,拉开了门。

她看到模样清秀的小许一进门就皱起了鼻子,知道他嗅到了猴子的味道。她冷冷地说:"对不起,家里有孩子,乱糟糟的。"

小许说:"没什么,没什么,我家比你家还要乱。"

"坐吧。"她依然冷冷地说。

小许在王三坐惯了的那把椅子上坐下,眼睛鬼鬼祟祟地东张西望。

体校教员说:"王三出去了,要晚上才回来。"

"没事,没事,我坐几分钟就走。"小许说,"这是小三吧,半年不见,长高了不少。"

小许说完就对着小三招手,说:"小三,还记得我是谁吧?"

小三瞪着眼看着他,一脸的不高兴。

体校教员说:"这孩子,越长越不懂事!这不是你许叔叔么,快叫!"

小三的眼睛早转到衣柜那儿去了。体校教员伸手把他扯过来,说:"不是让你叫许叔叔吗?"

小许摆着手说:"不用了不用了,小男孩一般都嘴懒。"

体校教员说:"跟他老子一模一样,三脚踢不出个响屁来。"

小许笑了几声,问:"听说王老师病得不轻?"

体校教员说:"也没什么大病。"

小许从书包里掏出一个信袋,说:"这是王老师的工资,您点点数。"

体校教员说:"点什么,错不了的。"

小许说:"还是点点好。"

这时大衣柜里有猛烈的声音响起,小许警觉地回头去看。

体校教员脸色煞白地挤到衣柜前,拍着柜门骂道:"该死的耗子,等客人去了再跟你算账!"

小许说:"这耗子真够猖狂的。"

体校教员说:"可不是怎么着,要不政府花大力气宣传灭鼠干什么。"

小许又掏出几封信说:"这是王老师的信,您转给他吧!"

体校教员说:"谢谢您啦!"

衣柜里又闹腾起来。小许笑着说:"这耗子成了精了。"

体校教员红着脸说:"是成了精了。"

小许说:"大嫂,转告王老师,说系里领导让他无论如何下周要到学校去趟,有关评职称的事,马虎不得。"

体校教员说:"好,他回来我就告诉他。"

小许站起来,说:"小三,跟我去玩吧。"

小三张了张嘴,没发出声音。

小许说:"大嫂我去了。"

体校教员说:"谢谢您小许,这么大老远还跑一趟,真是太谢谢了。"

小许说:"不客气不客气。"

体校教员送小许到门口,小许双手抱拳,说:"大嫂免送!"

体校教员说:"小许好走!"

体校教员背靠在门上,大口地喘着粗气。王小三急不可耐地拧开大衣柜的门,放猴子出来。猴子跳出来,抓着柜子里的衣服一件件往外拖,好像要借此发泄被关在柜子里的愤怒。

体校教员感到自己已经接近了发疯的边缘。猴子翘起的尾巴和那赤红的屁股激起她生理上的强烈厌恶。她骂道:"王三你这个畜生,我对你已经做到仁至义尽了!"

猴子不理她,只管往上拖衣服。体校教员弯腰抄起一辆玩具坦克车,对准猴头掷过去。她经过训练的胳膊抛出的物件既有力又准确,坦克车正中猴子的后脑勺。它凄厉地叫了一声,身体跳起足有一米高,然后轻绵绵地跌在地上。

王小三大声哭叫起来。他扑到猴子身上,用在幼儿园里学到的脏话痛骂着体校教员。体校教员的身体沿着门板滑坐在地上。她一声不吭,像痴了一样。

体校教员背着哭得发昏的儿子,到了她的堂叔的家。堂叔一见她娘俩的模样,吓了一大跳,慌忙下楼把正在街上宣传灭鼠的老伴叫回来。老两口询问半天,体校教员只是默默流泪,什么话也不说。她的堂叔是一家大棉纺织厂的退休干部,脾气很烈,他一拍桌子说:"不要哭了嘛!有什么问题说出来嘛!这样哭下去根本解决不了问题嘛!"

于是体校教员便两行鼻涕两行泪地向堂叔和堂婶诉说了王三变成猴子的经过和王三变成猴子后她的悲惨处境。

堂叔哆嗦着手点了一支烟,吸了两口,说:"你不是胡说?"

体校教员道:"不信你就去看看,我把它打昏了,它躺在我们房间里呢!"

堂婶道:"这可真是从来没听说过的奇事。"

王小三又哼哼唧唧地哭起他的猴子来。

体校教员说:"别哭了,那猴子是你爹变的,咱娘俩被他害苦了。"

堂叔想了许久,然后说:"小梅,这件事如果真像你说的那样，大概也没有法子可以挽回了，我看你该去公安局报案！"

堂婶说："你出什么馊主意！一报案，小梅还不得落个谋杀亲夫的罪名！人家才不会相信那猴子就是王三呢！"

堂叔道："那就向王三的学校领导去汇报。"

"这跟去向公安局报案有什么区别？"

堂叔说："那你说怎么办？"

堂婶道："我琢磨着，他能变成猴子，也就能变回来，关键是要找个他怕的人诈唬诈唬他。"

堂叔道："他怕谁？"

堂婶道："我记得他小时候挺怕他爹。你记不记得，有一次咱大哥喊了他一声，吓得他把裤子都尿了？"

堂叔道："大哥快八十岁了，虎老了不咬人，只怕再也诈唬不住他了。"

堂婶说："也只好死马当成活马医了。"

堂叔道："去把大哥接来？"

堂婶道："那多慢？这样吧，把小三放在这儿，我看着，你和小梅把他送回老家，让大哥扇他耳刮子，诈唬他几声，没准就变回来了。大哥是属虎的，虎是百兽之王，吓唬只小猴子还是绰绰有余。"

堂叔道:"火车上不让带活物的。"

堂婶道:"你们厂里不是跟盐城有业务关系吗?盐城每天都有拉货的车来,送司机条烟,搭个便车就行了。"

堂叔说:"就照你说的办吧,不过,万一变不回来呢?"

堂婶生气地说:"嗨哟,你看你哪像个大老爷们!变不回来再想变不回来的法子,老是这样拖着,事情早晚要发,那时小梅浑身是嘴也辩不清楚了。"

堂叔说:"就听你的吧!"

堂婶、堂叔、汪小梅、王小三四个人回家看变成猴子的王三,堂叔一边走一边唠叨:"这这这这算什么事哟!"

四个人走到斜街的尽头,就听到筒子楼前吵吵嚷嚷一片人声。一拐弯就看到广告牌前的白杨树下围着一大堆人。阳光很强烈,那些人都仰着脸往树上看。体校教员敏锐地感觉到事情与猴子有关。她对堂叔和堂婶说:"坏了,事情八成败露了。"

王小三眼尖,叫道:"猴子,我家的猴子在树上。"

四个人急忙跑到树下,仰起脸来,果然看到那只猴子蹲在一根树杈上,对着树下的观众扮鬼脸。

观众议论纷纷,说肯定是动物园里的猴子逃出来了。体校教员看到那个过去的河马饲养员杂在人堆里。他的目光不在猴子身上,他的目光定在那扇被猴子推开的窗户上。体校教员感到河马饲养员是个可怕的敌人。

有几个顽皮男孩从腰里摸出弹弓瞄准猴子发射泥丸。有一颗泥丸打在猴子臂上,猴子尖叫一声,在树冠中蹿跳起来,它的灵活矫健的身形让体校教员的绝望到达极点。如此合格的猴子要想变成人几乎是不可能的了。

王小三从堂婶手里挣脱出来,像匹小兽一样扑向持弹弓的顽童。他扑倒了一个顽童,并且用牙齿咬破了那顽童的手背。顽童手背上流着血,啼哭起来。王小三也哭了,他哭着叫:"不许你们打它,这是我家的猴子,它是我爸爸变的!"

围观者中爆发出一阵阵怪笑,怪笑之后是七嘴八舌的怪话。

体校教员茫然失措地呆立着。

一个巡逻的警察踱过来,悄悄地仰脸观察着。

体校教员看到警察的手指颤抖着伸向腰带,他的腰上挂着手枪。一个灰白的、罪孽深重的念头在她脑子里闪过,她希望警察开枪把它从树上打下来。只要警察一开枪，便一了百了。可怜的警察有开枪射杀罪犯的权力，却没有开枪射杀猴子的权力，他颤抖的手指移到裤兜里，摸出一条脏手绢，擦拭着脖子上的汗水。

警察喊道："散了吧散了吧，不要围在这里生事。猴子问题我通知动物园来解决！"

群众没有理睬他。他又干巴巴地喊了几声，然后一个人懒洋洋地走了。

堂婶果然是个有主意的人，她把丈夫、汪小梅和王小三招呼到楼上。

汪小梅开了门。

毫无疑问树上的猴子就是王三变成的那只猴子，因为窗户洞开，屋里没有猴子。猴子是踏着窗台跳到树上的。汪小梅知道猴子跳窗逃走与自己用坦克车袭击了它有关。

堂叔和堂婶像两个老练的公安一样察看着屋里的一切。汪小梅向他们讲解着。面对着满屋的猴屎猴尿和沾在暖气管子上的猴毛，堂叔和堂婶面色严肃。

堂婶说："把它引进来。"

堂叔说："怎么引它？"

堂婶道："用水果。"

堂叔道："家里有水果吗？"

汪小梅拉开冰箱摸出两个干巴了皮的橘子。堂姊说:"小三,你叫它!"

小三举着橘子,踩着一只小凳子,趴在窗台上,对着猴子喊:"猴子,过来,过来吃橘子!"

猴子蹲在树冠尽顶上一根手指般粗细的树杈上,身体随风摆动。广告牌上的大猴子闪闪发亮。

堂姊说:"小三,叫爸爸!"

小三举着橘子,喊:"爸爸,来家吃橘子!"

猴子转过了头。它全身的毛油汪汪地闪。

堂姊把汪小梅推到墙旮旯里躲藏着,让王小三继续喊。

"爸爸呀,回来吧!"猴子果然从树梢上溜到与窗户平齐的地方,然后一个凌空飞跃像一道绿油油的闪电滑进了房间。

堂姊扑上去关闭了窗户。楼外的喧闹声立刻变得很微弱了。

王小三把橘子递给猴子。猴子抢过橘子,跳到暖气管子上,蹲着啃起来。橘子的汁液滴到地上。

门外传来敲门声。汪小梅缩成一团。堂姊上去开了门。迎门站着几个戴红袖标的老太太。其中一个说:"居民楼里不许饲养动物!"

堂婶说:"哟,这不是胡大姐吗?"

傍晚时分,四个人牵着脖子上拴着腰带的猴子离开了筒子楼。一切的麻烦都被堂婶解决了。

他们去了棉纺厂,找到一辆江苏盐城的车。司机是个胡须很盛的小伙子。他同意汪小梅携带猴子搭车。

王小三哭得很凶。

晚上九点多钟,卡车驶离城市,进入茫茫的原野。道路宽阔平坦,夜行的车辆很多,一道道的灯光把路边的高大树木照得成排扑倒似的。发动机的轰鸣在深沉的夜里显得格外刺耳,汽车飞驰,有点风驰电掣的意思,有点威风凛凛的意思。汪小梅抱着猴子坐在驾驶室里。猴子嘴里的酒气熏得她昏昏欲睡。为了使猴子安静,给它灌了半斤白酒,这当然也是堂婶出的高招。

车在漫漫长夜中奔驰。汪小梅有些心虚。

到了后半夜,路上的车很少了。后来就好像只剩了这一辆车。

司机刹住车,跳下去站在车边,很响地撒了一泡尿。汪小梅听着司机撒尿的声音,感到事情有些不妙。

果然麻烦来了。司机上了车,熄了机器,点火抽烟。汪小梅看到他的蓝色的眼睛。她等待着。

司机说:"你知道搭车的规矩吗?"

汪小梅说:"知道。"

司机说:"你知道什么?"

汪小梅说:"不就是脱裤子吗?"

司机说:"你还很干脆。"

汪小梅说:"一个有梅毒的女人还怕脱裤子吗?"

司机问:"这么说你有梅毒?"

汪小梅说:"一个抱着猴子的女人可能有比梅毒还可怕的病。"

司机问:"你抱着只猴子干什么?"

汪小梅说:"它是我的丈夫!"

司机笑起来。他说:"有你丈夫在身边,我只好老老实实了。"

汪小梅说:"你不要客气,它醉了。"

司机说:"你不去撒泡尿吗,坐了半夜车了。"

汪小梅把猴子放在座位上,推开车门下了车。

她也很野地在车边蹲下。司机一脚把猴子踢到车下,拉上了车门。

看着渐渐远去的汽车尾灯,汪小梅并没有感到特别的愤怒。她平静地处理完排泄废水的事情,抱起还沉浸在醉乡里的猴子,向着前方的一片灯火走去。

第二天早晨,体校教员汪小梅牵着猴子出现在山东南部的一个小县城里。她感到肚子有点饿了,便沿路寻找饭铺,就这样寻寻觅觅地她牵着猴子来到了火车站广场。猴子跟着她,时而直立行走,时而四肢爬行,有几次曾试图蹦到汪小梅肩头上去,但都没有成功。并不是猴子的弹跳力不够,而是汪小梅的身体回避。虽是凌晨,车站的小广场上还是人来人往。广场边缘上有很多露天的小饭摊,有卖油条豆浆的,也有卖烧饼卤肉的。汪小梅买了半斤油条、两碗豆浆。她送一碗豆浆给猴子,猴子不喝。她递一根油条给猴子,猴子接了,胡乱咬了几口,便扔掉了。为了猴子的健康,她买了一串山楂葫芦喂它,猴子吃山楂葫芦,汪小梅被条件反射出一腔口水。

饭摊的主人是个很年轻的姑娘,很感兴趣地问汪小梅一些关于猴子的问题。这些问题中有几个涉及猴子的性与生殖,惹得汪小梅很反感,她装聋不回答。

后来,她就牵着猴子在车站广场上漫无目的地转悠起来,一群好奇的人跟在她和她的猴子的后边。这个县城远离山林又远离大城市,活猴子是个稀罕物,所以观者甚众。有人还说:大姐,让你的猴子给我们耍几套把戏吧。汪小梅不理他们。

牵着猴子的女人成为这个县城车站广场的一个小风

景很长一段时间了,早晚的气温也逐渐凉了下来,事情终于有了结局——

那一天车站广场上来了一个捎着猴子的男人。男人手提着一面铜锣,他是个很熟练的耍猴戏的人。他一边敲着铜锣一边歌唱着:

> 铜锣一敲咣咣咣
> 叫一声我的猴儿听端详
> 你给各位乡亲耍把戏
> 各位乡亲便会把你来犒赏
> 你玩一个二郎担山追明月
> 再玩一个凤凰展翅赶太阳
> 玩一个花和尚倒拔垂杨柳
> 再玩一个武松打虎景阳冈
> ……
> 各种的把戏你玩了一遍
> 约你个笸箩去收犒赏

小猴子端着一个草编的小笸箩,戴着红色的小帽,穿着青色的小衣裳,拖着尾巴,十分滑稽可爱地绕圈收钱。看过了猴戏的人都把一些二分面值或五分面值的硬币扔到小笸箩里。也有一些比较慷慨的人,扔一张一角或两角的纸票。猴子端着小笸箩,转到了汪小梅面前,这时的汪小梅已经衣衫褴褛形同乞丐,腰里没有一分钱。她定定地看着面前的猴子,又抬头看看那耍猴的男人。男人也在直着眼看着她。她感到与这男人似曾相识,却又想不起何时何地与这男人相识。这时,她身后的猴子已经冲到了男人的猴子面前,两只猴子没有撕咬,而是像它们的主人一样,两张猴脸正对,四只猴眼相接,猴脸上的表情生动如画。后来汪小梅的猴子主动地伸出一只手去摸了摸男人的猴子的脑袋,男人的猴子也伸出手回摸汪小梅的猴子。它们的动作极像幼儿园里的两个小朋友,但它们不是幼儿园的小朋友,所以便产生了幽默、产生了趣味,围观的人们都陶醉在这幽默趣味之中,暂时忘却了各自的烦心事。

(一九九一年五月于北京厂桥仓库)

模式与原型

一

急刹车使狗的额头撞在了冰凉的帆布车篷上。车里的警察弓着腰站起来。一个警察拔开了囚车的插销,车门便自动地往外开了。

警察们笨手笨脚地跳下去,站在车门的两边。其中一位红脸膛、大耳朵的小个子警察对着车里喊:"狗,下来!"

突然涌进来的光明和凉气刺激得狗眼流出了泪水。他看到车下那几位警察脸都闪烁着寒冷、扎人的光芒,宛若河道里的冰块。他的脑子昏昏沉沉,思绪像天上的流云一样飘游,无法定住。车上那位还没跳下去的警察从背后推了狗一把,大声说:"下去,让你下去,听到了没有？"

狗咧咧嘴，迷迷糊糊地问："这是哪儿？"

"这是东北乡，你的老家！"车上的警察不耐烦地说着，又推了他一把。

狗用戴着铐子的双手抓着那位警察的胳膊，哀求道："政府，好政府，你们毙了我吧，我不愿意看到乡里的人……"

车下的警察抓着他的腿往下一拖，车上的警察就势把他往下一推，于是他就沉重地跌在了被严寒冻得裂了缝的坚硬土地上。

由于手不方便，狗的脸先于身体触到了地面。他感到鼻子一阵酸痛，牙齿和双唇尝到了泥土的味道。几只手叉着他的胳膊将他提起来时，他感到有两股温热的液体从鼻子里流出来。一低头，他看到有一些大颗粒的血珠子噼噼啪啪落在地上。血珠落地，破成一些更小的血珠儿在地上滚动一阵，然后才洇到地里去。他感到整个脸都不属于自己，只有那两道热辣辣的流血的感觉存在着。有一些血珠儿流进口腔，让他的舌尖尝到了血液的腥味。

一位英俊的警察从裤兜里掏出了一块揉搓得皱皱巴巴的粉红色手纸，递给那位红脸大耳的小个警察，说：

"给他堵堵。"

小个警察看一眼同伴,极不情愿地接过纸,剥开,嘟哝着,把纸在狗的鼻孔下轻描淡写地按了按,然后扔掉。看着那块沾在地上的纸,小个警察说:"他妈的,来例假也不挑个时候。"

狗对警察们的斥骂已经习以为常。一个放火烧死亲娘的人还有什么尊严好讲呢?几个月的教育,已经使他相信自己连条狗都不如。

——你的名字叫狗?

——是。

——你连条狗都不如。

——是。

英俊警察看看地上的脏纸又看看狗继续流血的鼻孔,训斥那位小个警察:"笨得你!我让你把他的鼻孔堵住!"

小个警察斜着眼睛瞅了一下英俊警察,骂骂咧咧地低语着,把地上那块沾血的纸捡起来,撕成两半,搓成两个团儿,走到狗面前,骂道:"低下你的狗头!"狗顺从地低下头。小个警察在他的腿上踢了一脚,骂:"仰起你的狗脸!"狗顺从地仰起脸。他感到小个警察恶狠狠地把那两团沾着沙土的纸捅到自己的鼻孔里,冰凉的疼痛飞一般地扩散到他的双耳里去。他忍不住地哀号起来。

"还他妈的嚎！"小个警察又踢了他一脚。

英俊警察严厉地盯了小个警察一眼，说："你注意点。"

小个警察啐着唾沫，走到一根枯树枝般戳在地里的水管子旁，烦恼地拧龙头，拧了半天也没有水流出来。小个警察踹了水管子一脚，骂道："聋子耳朵——摆设！"水管子晃动着。水管子周围结了一层青白色的厚冰。水管子乌黑，显示出烟熏火燎过的痕迹。小个警察在那片冰上滑了个趔趄，险些跌倒。然后他向一道围墙走去，围墙的背阴处，有一些阴森森的积雪。小个警察抓起雪搓手，一边搓一边骂。搓一阵，他走回来，在一棵粗糙的杨树干上擦手。狗看到小个警察的双手冻得通红。

狗还看到小个警察的两扇大耳朵也冻得通红，他紧接着感到那两扇大耳朵冰凉、僵硬，有一些格外鲜红的地方是冻疮，尚未溃烂。狗看到小个警察响亮地擤出一些鼻涕抹到杨树上。杨树上还抹过许多人的鼻涕。狗已经辨认出了这是东北乡政府的大院子，那棵杨树曾经拴过狗的驴车也拴过狗自己。狗看到今天是一个干冷的天气,时辰是上午,太阳在东南方向两竿子高处挂着,阳光应该算明媚但不温暖。狗看到英俊警察和他的三个同伴都不停地踏着步,搓着手,往手上哈气。一团团的白气从他们的嘴里、鼻孔里呼呼地喷出来。狗看到小个警察的手上也冒热气儿。狗看到这几位县里来的警察都穿得很单薄,肚子里也没有什么油水。狗不晓得他们为什么要冒着严寒把自己拉回到东北乡。狗感到这些警察也挺不容易,他心里有些愧疚。奇怪的是狗尽管衣不遮体,但并不感到十分寒冷,面对着那些为抵御严寒不停地蹦跳的警察,狗感到他们像一些扮鬼相的猴子。狗只是感到身体麻木,一行一动都不方便,四肢不听指挥,否则也不会像个死人一样实趴趴地跌在地上。狗感到手腕上的铐子已经把太阳的热传达到自己手腕上。狗在铐子狭窄的平面上能够很费劲地看到自己狭长的脸,这张脸连狗自己都厌恶。狗看到墙上的砖头有红色的也有黑色的,墙根上有白雪也有灰色的煤渣子。狗看到路边的草上沾着一层毛茸茸的霜花。狗嗅到了一股朝气蓬勃的生活气息,这气息与其说他是用鼻孔嗅到的,还不如说他用眼睛看到、用耳朵听到、用脑子回忆到更为准确,因为他的鼻孔里堵着纸,他感到鼻子已经冻凝了。

囚车冒着黑烟在空地上拐了一个弯,然后熄了火,开车的警察跳下车,打火抽烟。那打火机不好用,噼噼嚓嚓打了几十下也不着火。一个警察说:"老赵,扔了吧,几十下打不着,还要它干么。"

司机警察说:"没油了。"说完就走到囚车旁,拧开油箱盖,沾一些汽油,滴在打火机的棉絮上。

狗感到自己已在乡政府大院里站了许久,而乡政府大院像一个冷冷清清的废砖窑,人都到哪里去了呢?脸皮永远被酒精烧灼得通红的乡党委书记哪里去了?肥胖得像小熊一样的乡长哪里去了?还有那比男人还像男人的女副乡长哪里去了呢?狗运动着稀粥一样的脑浆费力地思想着。他不明白警察们来这儿干什么。狗抬头看到一群麻雀在萧条的树枝上跳动着,他是先听到了雀叫才抬了头。他的眼睛里有泪水,凉凉的。他知道自己是沙眼,一见风、一着凉就淌泪。狗看到乡政府的房屋上有很多并列着的、一模一样的门窗,门窗上的油漆都因为风吹日晒褪了颜色,狗记得它们原来都是碧绿的。突然间有很多铁皮烟囱从砖墙上伸出来,汹涌地冒出了焦黄的烟雾。那些烟浓厚极了,像海绵一样。狗看着那些盘旋扭动的烟雾,感到自己深陷在淤泥的深潭里,愈挣扎陷得愈深,那些焦黄的浓烟团团旋转着包围了他。是那火红色的大公鸡撕肝裂胆般的啼叫声,把他从沉绵的梦魇状态中惊醒,他张大嘴巴吸了几口气,然后,不顾警察的咋呼,用手背把鼻孔里的纸团揉出来,两股凛冽的冷气宛若钢锥冲进去,直透天灵,尽管痛苦锐利,但脑子顿时清楚了许多,那些缠绕得人呼吸困难的烟团也裂开了缝隙,于是他看到了那只站在杂色砖头砌成的墙头上、面对着金色的太阳、抻颈耷羽啼鸣的公鸡。公鸡斑斓的羽毛光泽华丽,在阳光中闪烁,鸡冠和颤抖的尾羽,宛如抖抖的红色与蓝色混杂的火苗儿,亲切地唤起了他沉痛的记忆。

公鸡伫立墙头,机械地转动着脑袋。几只羽毛灰褐色的母鸡先是在墙根下的垃圾里漫不经心啄着什么,后来都停止了啄食,像接到了命令的士兵一样,咯咯叫着,朝公鸡伫立的墙头飞去。这些格外肥胖的母鸡的飞行简直像一场滑稽表演,它们都有飞的强烈意识,但都缺乏飞行的能力。在距离公鸡半米高处,就像一团团草坯,沉重地跌落下来。随着它们的身体飘飘落下的是它们振动翅膀时脱落的肮脏羽毛。

狗看鸡,入了迷,使他短暂地忘掉了困厄的处境,恍惚如坐在生产队的场园里等待着生产队长派活儿。那时候生产队饲养棚里的牛马正被两个专职饲养员依次拉出来。饲养员一正一副。正饲养员是上三代都是雇农的老贫农孙六。孙六，六十岁左右年龄，秃头，嘴里只剩下一颗孤独的长牙。副饲养员是一位刑满释放分子，姓沈，四十岁左右年龄，瘦小的个头，显得有几分文质彬彬。瘦得肋骨凸凸的牛马晃晃荡荡地走出饲养棚，到一只安放在水井边的大缸饮水，一股好闻的、热烘烘的牛屎味道扑进狗的鼻子。牛呼呼地喝着水，拉着屎，撒着尿，屎和尿冒着缕缕短促的乳白色热气，井里冒出一团氤氲的热气，井台上结着冰坨子……队长说：狗！

狗从沉思遐想中回到这个严酷的上午，乡政府那一排房屋上的铁皮烟囱里的焦黄烟雾都变成了蓝色的淡烟。一扇门开了，一位身穿警服、光着头的乡村警察弓着腰小跑过来。狗一眼就认出了这个四十多岁的邋遢男人是乡派出所的吴所长，外号"吴尿壶"。他曾亲手把一副生了锈的旧手铐套在狗手腕上。因为钥匙失灵，开铐时动用了小钢锯。狗看到吴所长龇着被烟茶染黄的牙齿，很歉疚地笑着，颠颠地小步跑着，在距那位县里来的英俊警察几步远的时候，就伸出了他那只沾满煤灰的大手，用沙哑的喉咙喊着：

"啊呀呀，宋队长，这么早就来了……"

那位英俊的宋队长及时地将双手插进裤兜里，用冷漠的神情对着灰秃秃的乡村警察的满脸热情，冷冷地说：

"吴所长，难道你们没接到电话？"

"接到了，接到了，"吴所长把那只大手羞答答地缩回来，摸着衣角，说，"这么冷的天，俺寻思着领导同志们就不来了呢……"

"怎么会不来？"宋队长威严地说，"说定了的事情怎么会不来呢？你们书记呢？乡长呢？"

吴所长摸摸光头，咳嗽一阵，说："年关到了，书记和乡长上县去了……关键是集上还没有几个人，同志们先进屋暖和暖和……"

"真他妈的不像话！"小个子警察骂起来。

吴所长看看狗，眼一瞪，对准狗的头，扇了一巴掌，骂道：

"都是你这狗日的！搅得鸡狗不得安宁！"

吴所长又扇了狗一巴掌，就前去拉开门，让县里的警察进屋。狗对这个扇自己脑袋的乡警并无恶感，他看到乡警褪色的警服上，有一块巴掌大的油污，很鲜明地在背上，形状像一只乌龟。

警察们进了屋，吴所长说：

"狗日的，你在外边凉快着吧！"

宋队长说：

"实行革命的人道主义,让他进来。"

吴所长说:

"狗日的,那就进来吧,还不快谢谢宋队长!"

狗的目光穿过冰凉的泪水,看着屋里模糊的景物,想按照吴所长的教导向宋队长道谢,但他张不开嘴。他用手背沾了沾眼里的水,畏畏缩缩地靠在墙角,尽量紧靠墙壁,少占空间,因为小小的房间里已经满是警察了。

狗知道这间屋子是吴所长的办公室兼宿舍。狗看到一张破旧的铁床占据了房间的六分之一,床上的被子脏极了。吴所长手忙脚乱地把被子卷起来,露出了一张垫在褥子下的黑狗皮。

吴所长说:"请坐请坐。"

两个警察一齐坐在那张床上,床又摇晃又咯吱。吴所长从那张破桌子上拎起警帽,扣在头发花白的脑袋上。桌子上显出了一个清晰的帽印,其余的桌面上落着一层厚厚的灰尘。吴所长弯着腰捅炉子,又捏着煤铲子往炉子里填煤。一股呛鼻子的黑烟从炉底返出来,警察们咳嗽起来。英俊警察说:"老吴,你想把我们呛死吗?"吴所长说:"怎么敢怎么敢呢?穷乡破所,没有好煤烧,哪能跟县局里比?去年冬天我去局里开会,看到院子里堆着小山一样的'大同块',小斧子劈开,茬面明晃晃的,像沥青一样,填到炉子里,呜呜地响,火旺生风,屋子里热得光着脊梁都不觉冷。都是警察,您在城里享的是什么福?您说是不是宋队长?"

宋队长不理吴所长的唠叨,撸起袖子看看表,说:"这东北乡人,怪不得穷,都快九点了,还不出来赶集。"

吴所长说:"宋队长,您可是说差了,东北乡人勤快得很。"

宋队长说:"九点,准时游街,老吴,让你准备的锣鼓家什呢?"

吴所长说:"不用准备,文化站就有,随用随拿。"说着,他捡起一颗训练用的木柄手榴弹敲着墙壁,大喊:"小高!小高!"

隔壁门响,一个缩着脖子、留着大分头的小伙子推门进来,说:"吴老尿,么事?"

吴所长说:"我日你大爷,你个屁临时工也敢叫我吴老尿?去找找文化站的乔美丽,让她把锣鼓家什拿出来,待会儿游街用。"

"游街?游谁?"小高一歪头看到了缩在墙角的狗,说,"哎哟,是狗呀,我还以为早把你毙了呢!"

狗愤怒地看着留着大分头、一脸粉刺疙瘩的小伙子,举起双手砸过去。小伙子一歪头,狗的铐子砸在他的脖子上,痛得他龇着牙叫唤。

吴所长说:"活该,再让你贫嘴薄舌!"

那挨了打的小高骂道:"吴老尿,吴老尿,啤酒瓶里撒泡尿,迷糊糊喝一口,咦,变质啤酒不起泡!"

县里来的警察们哈哈大笑起来。小个警察戳戳老吴的腰,问:"哎伙计,是真的吗?"

吴所长满脸通红,说:"没有这回事,这帮小兔崽子吃饱了闲着没事就瞎编排我,咱老吴再迷糊也不能把尿当啤酒喝,您说是不是?"

英俊警察又撸起袖子看了看表,说:"九点了,不等了,早游完早回去。"

吴所长说:"哎呀,急什么嘛?等会等会,等日头再上上。"

英俊警察说:"老吴,你别啰唆了,快去找锣鼓家什。"

吴所长扔掉炉钩子,拉门时看看狗的脸,叹一口气,说:"狗呀狗,我教育了你多少次,要你孝敬你娘,你倒好,一把火把老东西给烧死了!害得我寒冬腊月里也不得安宁。"

狗此刻正被屋子里的温暖折磨着,就像一棵冻透了的白菜突然移到炉边烤着,外表糜烂成泥,里边还是一坨冰,那滋味难以描述。他只看到吴所长开合着嘴巴、进出一些奇形怪状的声音,宛若燃烧后的纸烬,在房间里轻飘飘地飞舞着。

门在吴所长身后在狗的面前被响亮地关上了。狗被这坚硬的声音撞击一下。但随即门又半开了,伸进来了吴所长戴着肮脏警帽的脑袋和半截身体。他用醉醺醺的眼神盯着狗,没头没脑地说:

"也许你还有冤枉?"

狗忽然感到一阵难以忍受的烦恼,对着吴所长那张边缘模糊的脸啐了一口,以前所未有的野蛮态度骂了一句:

"操你娘!"

吴所长懵懂了,眨巴着眼皮想了半天,忽然苏醒过来似的,长出了一口气,说:

"你这狗崽子。"

二

狗最早的记忆与一个阴雨缠绵的下午联系在一起。

那时候他只知道自己很小,但却不知道自己多大岁数。狗在他后来的岁月里经常想到那低矮的房顶的景象:高粱秸扎成的房笆被不知多少年的炊烟熏黑了,弯弯曲曲的几根檩条也被熏黑了,黄土的墙壁也被熏黑了。狗躺在炕上似睡非睡时经常看到有一些用黄纸剪成的小人儿在墙壁上走动,它们的身体与墙壁垂直,但从来没掉下来过。它们经常呐喊着追逐壁虎,有时也追赶苍蝇、蜘蛛、蜈蚣。那个阴雨缠绵的下午狗躺在炕上看到白色的水珠从房檐上一滴滴追逐着落下去。院子里一片水声。狗还听到雨滴打在房檐下一块破铁皮上时发出的叮叮咚咚的声响。透过破损的木格子窗户,他看到有一棵大树把一根弯弯曲曲的、缀满绿叶的树枝伸到窗户前面,那些叶子在雨滴打击下轻轻颤抖。他听到那些叶子发出比蚊子还细的呼喊声。树叶的呼唤与在墙壁上狩猎的那些小纸人的呼唤声不一样。颜色不同。他倾听着绿叶在细雨中的呼唤,听到身边一个高大的如巨树一样的男人打着震耳欲聋的呼噜。他看到那男人有两只像铜钱那么大的乳头。后来他又看到一个模模糊糊的白影子趴在了那男人身上。似乎有一种声音表示着一种暧昧的意思:狗儿睡着了吗?大白天会冒渎神灵的。狗看到那些小纸人从窗眼里钻出去,跳到树枝上,雨珠儿很快便把它们拦腰打折，使它们有的随着雨滴落下去，有的悬挂在树枝上。他听到了小纸人的呼唤。后来又来了一个穿着红色小衣服的生着黄毛的小耗子，用两只前爪举着一柄小雨伞，在树枝上跑来跑去，一边跑还一边惊险地嚷叫着；在狗看不到的地方，似乎还有更多的小耗子在呐喊助威，为在枝条上表演走索的小耗子。十几年后，狗在村子里的打谷场上看了一场名叫《杂技英豪》的电影，那些穿着小红裤子、打着小花伞、在钢丝绳上拧着屁股走来走去的漂亮女人，引起了狗对那个缠绵细雨的下午的回忆。

这时狗已经是个高大的青年了，他面孔丑陋、出身低贱并不妨碍他是个高大的青年，电影上那些女人活泼好看的屁股让狗馋涎欲滴，他张着嘴巴，呵呵地傻笑着。思想回到那个下午，他明白了那副模糊的情景的真相，于是他感到极端耻辱和愤怒。

看电影时狗把身体挤到了女人堆里，招来了一顿臭骂。骂他最凶的那个女人是村里治保主任的妹妹，一个细眯眼睛、胸脯鼓胀、头发焦黄的姑娘。狗忽然想起麻子周五说过，她哪里像个姑娘？不知被多少小伙子干过了。她的唾沫星子喷到狗的脸上，狗把那些唾沫星子用手指抹下，抹到嘴里。他吮着指头，呜呜噜噜地说：真好吃，大嫚咪。狗记得那时电影机正在换片子，一盏电灯把无数的人头照得清清楚楚。不知为什么人们都笑起来，还有一些人嚷着：好样的，狗呀！她却呜呜地哭起来。人们又喊：狗呀，好样的。狗得意极了，他想说话，却想不起来该说什么。人们又一阵吼，像浪潮一样，狗突然想起了周五的话，便大声说：她哪里像个姑娘？不知被多少小伙子干过了。好呀狗！她的哭骂声更高，像要把天撕破一样。狗又重复了一遍周五的话，但话未说完，就感到后脑勺子上一阵又沉又钝的疼痛，随即他听到一声又肉又潮的声响。狗刚要回头，头发就被一只凶狠的手撕住了。狗看到治保主任方三郎那张瘦削的黄脸。狗怕极了这个人，身体哆嗦起来，大声说：叔叔，三叔，不是我说的，是周五说的……方三郎用力一揪，把狗的头按低了。狗弯着腰，趔趄着，被拖出了人堆。

电影重新开始后，狗被治保主任拖到大队部的一间空房里，村子里没有电，治保主任点燃了一盏玻璃罩子煤油灯，从墙角拣起一根湿漉漉的绳子，反剪了狗的双臂。然后又把绳子往狗的腋下一串，绕过脖子，把狗"五花大绑"起来。捆绑时治保主任使用了脚的力量：他用脚蹬着狗的背，双手使劲往后拽绳子，把狗勒得鬼哭狼嚎。治保主任把捆绑好的狗一脚踹倒，狗像球一样滚动。说：看完电影再来收拾你个杂种！治保主任锁上门走了，狗听到放电影的发电机在打谷场上嗡嗡地响，还听到了悠悠的音乐声。他的眼前又晃动起了那些杂技演员丰满的屁股。

狗侧着身体坐起来。绳子勒得他喘不出气抬不起头。他看到墙角上有沾着血迹的棍子、绳子、藤条，一阵巨大的恐怖袭上他的心头。狗知道这地方是打人的地方。狗还记得有一个地主在这个地方被打死了。

治保主任开门进来，狗磕着头求饶：叔，三叔，不是我说的，是周五说的。治保主任拿起一根藤条，握着两头折了折，藤条弯成弓样，显示出良好的弹性。他一松手藤条恢复原状。他一挥藤条，劈出一溜风响。狗听到藤条在抖颤中说着一些古怪的话语。治保主任抡起藤条，熟练地抽打着狗的身体。头几下，撕皮裂肉般疼痛，狗大声号叫着。几十下后，疼痛竟神奇般地消失了，但狗依然大声号叫，好像疼痛无法忍受一样。在号叫声中，狗听到藤条抽到背上发出的腻腻响声，他的心中窃窃自喜，他感到治保主任被自己欺骗了。尤其是当治保主任扔掉藤条、揉着手腕、气喘吁吁地站在他面前时，那种欺骗得逞的幸福之感更像汹涌的潮水，流遍他的全身。治保主任骂着：看你还敢胡说八道！狗连连磕着头说：不敢了，不敢了，再也不敢了……

治保主任摘掉帽子，露出了秃得发亮的头。狗记得治保主任去年还是满头黑发，今年竟变成了葫芦头。他恍惚记得是听杜四说过，治保主任夜里去偷杜七的老婆，受了惊吓，一夜之间蜕光了头发。治保主任用那顶灰色的单帽擦着脸上的汗水，说：狗，我让你记住！

狗说：我记住了。

治保主任解开裤扣，掏出来，说：抬起脸来。

狗顺从地抬起脸，看着治保主任那格外发达的家伙，有些害怕。

邪恶的笑容突然油滑地出现在治保主任脸上，那东西不安地点动着，一股焦黄的液体滋滋地射出来，射到狗的脸上，射到狗的嘴里，又热乎乎地、臊哄哄地流到狗的脖子上，流到狗的肚皮上，流到狗的脊背上。治保主任的尿浸淫了狗背上的伤痕，真正的痛楚发作，狗闭着眼，咬着牙，从牙缝里嗞嗞地吸着气，额头上冒出了汗水。

治保主任戴上帽子，给狗松了绳子，狗想站起来，身体却不由自主地前栽了。他到底还是站起来时，治保主任的妹妹推门进来，伸手就在狗脸上抓了一把。狗感到她的指甲剮破了脸上的皮肉。

治保主任说：别动他了，一个傻瓜，我已替你出了气。

治保主任的妹妹名字叫小花。小花横眉竖目地对着她哥吼：你怎么知道他傻？

小花伸出手又去抓狗的脸，狗尽着她抓。

她也抓累了。

狗血糊着一张破脸说：小花姑姑，那话不是我说的，是周五说的，我跟周五一起放牛时周五说的。他还说你跟你三哥、就是他——狗指指治保主任——在一个被窝困觉，周五说他亲眼看到的，他说一男一女在一个被窝里光着腚困觉，用绳子捆着、用膏药糊着也挡不住干那事，周五说简直是一对畜生，那时候正好有一头公牛往母牛腚上跨，那头母牛其实是那公牛的妈……

治保主任直直地捅出一拳，把狗打得仰面倒地。他躺在地上，听到小花哭着窜出去了。

治保主任捏着狗的气嗓管子，咬牙切齿地说：这话你要敢跟第二个人再说，我就剥你的皮，抽你的筋，敲断你的腿，剜掉你的眼，割掉你的舌头，剁掉你的手，旋掉你的耳朵！

狗被吓得尿了裤子。

三

小个警察踮着脚,把一块写着红字的木牌子挂到狗的脖子上,然后推他一把,说:

"走!"

狗温顺地走出乡政府大院,斜穿过一片铺满枯树叶的杨树林子,走到集市上。在他的前头,乡村警察敲着一面破锣,背着一只红漆剥落的鼓,那个姓高的小青年敲着鼓,那位文化站的乔美丽敲着小锣,那位狗也认识的乡党委秘书打着两扇钹,乱糟糟一片响,在已经洒下暖意的阳光里行进,狗不回头也知道县里来的警察簇拥在自己身后。他们腰间都佩着手枪。一只乌鸦在狗头上叫着飞过去,狗的眼前一闪而过那乌鸦蓝色的影子。狗听到吴所长一边敲锣一边喊:

"乡亲们、村民们,都来看呐,放火烧死亲娘的杀人犯!"

他手中的锣青光闪烁,每挨一下缠着红布的锣锤子打击便颤抖不止,锣声四溅,与石头扔进河水中的情景相似。那只鼓在他背上不老实,一会儿歪到这边,一会儿歪到那侧,气得敲鼓的小高用鼓槌子戳乡村警察的脖子，敲乡村警察的警帽：

"老尿，你把鼓背正当了行不？"

乡村警察抡起锣锤，猛回头击打小高的肩膀，生气地说：

"你他妈的干什么？我的头也是你敲着玩的东西？"

小高赔着笑脸说：

"老尿所长别生气，我是让你把鼓背正。"

乡村警察横横地说：

"我愿意它歪？你就将就着敲吧！"

狗看到乔美丽手上带着一副红绒线编织的、露出十指的手套，那些手指红红的像小胡萝卜一样。狗根本不敢对这种吃公家饭的姑娘动念头。狗认为她是为城里人预备的。狗想起了一件让他惊心动魄却又百思难解的事。

吃公家饭的女人的脸都是白的，头发都是黑的，衣服上都有一股香皂的味道。狗眼前清晰地出现了县里下来的"清理阶级队伍"工作队队员宋梨花的模样，一个看不出年龄的女人，腰卡卡的，腚撅撅的，胸尖尖的，眉弯弯的，眼汪汪的，嘴抿抿的，手嫩嫩的，是从月亮里下来的人呢，村里的老娘儿们都当着她的面说，狗记得老贫农汪青白的疤眼老婆摩挲着宋梨花的手这样说过。汪青白的老婆就是孙六的妹妹，孙六的老婆就是治保主任的姐姐，一脸黑麻子的浪货，一连串下了七个男崽。汪青白的老婆还说：姑娘呀，我恨不得打掉牙把你含在嘴里。汪青白的老婆咧着烂了牙花子的臭嘴说。狗看到宋梨花脸上一阵青一阵红。狗大声说：兔子，野兔子！正在田边休息的人都抬头寻找兔子。在哪儿兔子？在那儿！狗伸手指指南边的田野。那里麦苗儿青青，有一些白色的气体在升腾，众人看得眼花也没发现兔影，再问狗，狗说：才刚儿还在那儿蹲着，这会儿跑了！众人笑起来。眼里生着一朵萝卜花的下中农歪头张全说：一大群明白人，让个大膘子给骗了！就在这时，狗看到宋梨花十分用劲地看了自己一眼。狗幸福得想躺在地上打滚儿。狗叫两声！歪头张全说。狗看了一眼宋梨花，便四肢着地，伸缩着脖子，"汪汪汪"地叫起来。他模仿得像极了，不单声音像，连动作、表情都像。众人齐笑。狗看到宋梨花那高贵的嘴边也绽开了一朵花。她掏出一条叠得四四方方的小手绢捂住了嘴。狗的心里像融化了半斤蜜。他叫得更加卖劲了。小队长胡寿对那个工作队长薛耳荣说：薛同志，你们剧团要不要装狗的演员？要的话，就把咱们的狗招去吧。薛耳荣说：不要不要。这帮子工作队整个儿都是县柳腔剧团里的人，里边还有好几对夫妻呢,那个邓玉秀,是黄大礼的老婆,宋梨花是小猴子张的老婆。小猴子张会翻空心跟斗,走起路蹦蹦的,脚轻腿快,狗怎么看怎么觉着他不顺眼,狗真想像条大狼狗一样扑上去咬死他。狗正叫得来劲儿,他的娘紫着脸走过来,用那只扁脚踢着狗的腚,哭咧咧地骂着:

"起来,起来,别膘了!"

狗好不高兴,正在兴头上,被娘踢了屁股,怎么能高兴。他转过头去,还是狗样,模仿着恶狗扑人,龇着牙,"汪汪"地吠着,对着他娘,猛地扑上去,一头就把她撞到沟里去了。那时是小阳春天气,全小队的人都集中在一起种玉米,沟里放来了水,天旱,水种,工作队去县水库要的水,水很浑,不浅。狗的娘小脚女人,不会凫水,在沟里炸起了油条。狗对着水中的娘呜呜地发着威,像一匹胜利的狗。队长抄起一张钉耙子,挂着狗娘的衣服,把她拖到沟边,几个半老女人七手八脚,把狗娘拉上来。狗的娘一身水淋淋,脸上尽是黑泥,一只鞋陷在泥里了,赤着那残废的尖脚,脸上的五官抽搐,嘴一瘪,又一瘪,两瘪三瘪,就哇哇地大哭起来,哭着,一腚坐在地上,手拍着膝盖,仰着脸,闭着眼,哭加数落:

"哎哟俺的个天呀,哎哟俺的个地,前辈子伤了天理啦,养了这么个膘子儿,他爹死得早啊,成分又不济,谁也来欺负啊,活不下去哩……"

狗真正愤怒地叫着。他感到娘从来没有过的丑陋,比方六的麻子老婆,比汪青白的疤眼老婆还要丑陋一万陪。她的下巴上悬着清鼻涕,一脸臭泥巴,一条瘦脖子,真丑,跟宋梨花比比,她哪是个人?她是仙女,她是鬼婆。歪头张全踢着狗说:

"狗,起来吧,膘过劲了!"

队长大声咋呼狗的娘:"张杨氏,你胡咧咧什么?谁欺负你啦?当着工作队的面,你也不嫌羞!"

队长的话很有权威,狗的娘把嗓门降低,吐出的话语也渐渐含糊不清,最后闭嘴停止,撩起了湿漉漉的衣襟擦眼泪擦鼻涕。

队长说:"张杨氏你一个人先回家吧,今日算你全工,不扣工分。"

狗看到娘就那样赤着一只脚,歪歪扭扭地走了。狗望着娘的背影心里很苍凉。他看着宋梨花的脸上一点喜欢的样儿也没有了,工作队的其他同志也面色冷漠。

狗回到那两间低矮的草屋时天已经黑透了。娘点着像只癞蛤蟆一样的油灯,用头上的钗子把灯草往下按了按，使灯火如豆。娘端上一瓷盆红薯面与红薯叶混熬的粥，狗呼噜噜一气喝光，又卷着舌头转着圈舔干净。扔掉瓷盆。娘的眼里淌出混浊的液体，说：狗儿呀，往后别听人耍弄了，咱不是狗，咱是人。

娘走上来摸他的头。狗厌恶极了，一巴掌便把娘推到墙旮旯里，大声说：

"死不了的老东西，尽给我丢脸！"

四

乔美丽挑着小铜锣，无精打采地敲着。那个顶着一头乱毛的秘书嫌手冷，把铜钹的两根鼻绳儿结在一起，一前一后两面钹搭上肩头，不敲了。高姓青年一见秘书偷懒，立即就把两根鼓锤子插进袖筒，双手插进裤兜。乡警吴老尿转回头，训道：

"怎么啦，你们，端共产党的饭碗还怕手冷？"

高不吱声，看背铜钹的秘书。秘书抽搐着精瘦的脸，鼻子尖上挂着一滴鼻涕水儿，撇着腔骂：

"吴老尿，这抓人游街的事，是你们警察的，老子凭什么来挨冻受罪？不干了不干了。"

他摘下肩上的铜钹，往吴所长肩上一搭，缩着脖，袖着手，转身就走。

吴所长挥舞着锣锤子，骂道：

"瘦猴，你今天要是敢走了，我就让书记砸了你的饭碗！"

秘书一咧嘴，说：

"日你个吴老尿，吓出我一舌头汗，老子的饭碗是橡皮的，枪子儿都打不破。"

高姓青年跟着秘书往回走。

县里来的英俊警察拦住秘书，很严肃地说：

"你是共产党员吗？"

秘书一撇嘴，说：

"乡党委秘书，不是党员能行吗？"

县警嘲讽道：

"你老兄的党性不怎么样嘛！"

秘书擤擤鼻子，往棉袄上擦擦手，道：

"操，给老子上起党课来了！你们这些警察，大案破不了，小案懒得破，糟蹋老百姓的本事不弱似皇军。有本事把李培公的那个儿子捉来游街，那小子枪毙十次的罪都够了。硬茬骨你们不敢碰，抓个膘子来折腾，操，还给我讲党性哩。"

秘书一席话，说得县警小脸儿青一阵红一阵，下不了台。狗看着秘书，心里感到很温暖，他暗想：到底是本乡人向着本乡人呢。县警和秘书正僵着，狗看见一个披着黑色呢子大衣的人从乡供销社里出来。那人四方大脸，浓眉大眼，下巴上有一块红痣。狗听到吴所长叫书记，并看到吴所长叫书记时腿弯曲了一些。狗恍惚记起这个人是乡里的书记，也立即低头弯腰，满心里都是尊敬。书记手里提着一只冻得硬邦邦的野兔子，指缝里夹着一支烟。吴所长左转右转，紧着为县警和书记互相介绍。书记很客气，把野兔子换到左手里提着，腾出沾着一些兔子毛的右手，跟县警队长握手。书记说：

"大冷的天，让老吴他们牵着游游就行了。"

县警队长说：

"任务，要完成。"

书记说：

"中午吃兔子肉，白萝卜削了皮，切成四方块儿，炖野兔子，连炖十八滚，起锅时撒上点芫荽梗儿，一丁点味精都不加，味道鲜极了！这是东北乡一绝，不能不吃。"

县警队长说：

"就这么一只兔子，够谁吃的？"

书记说：

"好说呢,待会儿集上还会有。东北乡什么都缺,就是不缺野兔子。实在没有卖的,让供销社的李不明去打几只,那伙计,活活一个神枪手,枪夹在胳肢窝里搂火,从不瞄准。"

吴所长说:

"郑秘书才刚儿和队长闹呢。"

秘书骂道:

"吴老尿,我日你娘,谁闹啦?我和队长开玩笑逗乐呢!"

秘书说着就把大铜钹从肩上摘下来,一手捂住一扇,一拍,发出嚓啦啦一声瘆耳朵的怪响,震得狗心头一颤。

吴所长低声道:

"果然是卤水点豆腐,一物降一物。难缠的、气死阎王爷的个货,见了书记也像耗子见了狸猫一样。"

书记说:

"老吴,别嘟哝了,快领着同志们转一圈,回来喝白酒吃兔子,贼冷的天气,别冻毁了人。"

书记提着兔子走了。高姓青年歪着身子去敲乡警斜背的鼓,乱糟糟,没个点儿。乔美丽把小锣敲得当当当一串响,像那些串街走巷卖麦芽糖的小贩弄出来招徕婆婆妈妈鼻涕孩的动静。狗看着她冻青了的腮，心里挺不是滋味。她的小锣声让狗回忆起了过去的一件耻辱事。有一个卖麦芽糖的，五十来岁的大个子男人，一脸麻子，都叫他张麻子。张麻子有时卖麦芽糖，有时卖肉渣子。据说有一种猪肉里有虫卵，只能炼油，炼出来的渣子八角一斤，又香又酥，城里人不吃，到乡下就是美味。张麻子那天挑着两桶肉渣子敲着小锣在街上。几个老娘儿们围着，不买，但都露出一脸馋相。孙六的麻子老婆蓬着头，麻着脸，眼角上夹着两点绿眵，半掩着棉袄，袄里揣着一个光腚猴子孩，站在肉渣桶旁伸舌头舔嘴唇。狗在生产队牛圈里出粪，累了，一身汗一身臭，跑回家，掰了半个饼子挖了一块黑酱跑到街上。肉渣子的香味勾走了他的魂。他的腿溜溜地就靠到人堆里。他的手贼着胆就伸到肉渣桶里抓了一把，塞到嘴里。狗说：

"尝尝，香还是不香！"

狗没看到卖肉的张麻子和那些馋肉的娘儿们正在用什么样的恶毒眼神盯着他。肉渣子真香。狗又抓了一把。手还没出桶哩，手脖子上就挨了一秤砣。张麻子骂道：

"操你个娘！动了抢了！土匪还没回来呢！"

狗的脸通红。他很后悔。他羞愧地提着伤手走了。他听到孙六老婆说:

"这是个膘子,家里成分还不好!他娘还打破天地给他说媳妇哩!谁跟他?瘸腿瞎眼的也不会跟他!"

那些嘴巴歹毒的长舌妇都在背后骂他。狗感到自尊心受到了极大的伤害。狗听到歪头张全的老婆也在应和着孙六老婆骂自己:

"你别看他那副膘相,他还一肚子花花肠子哩,那天他还想跟我弄个景……呸!癞蛤蟆想吃天鹅肉呢!"

狗记得在女人们的侮辱里他的心中既愤怒又自卑。手脖子断裂般的痛苦与心中的痛苦相比显得很轻。拐过一道矮墙后他跺跺脚,啐唾沫,低声骂。骂歪头张全的老婆。那娘儿们四十好几了,留着三刀毛,当啷着两根口袋一样的长奶子,生了几个女儿,都是白眼珠子黄毛发,像外国人一样。狗想起她家打墙时去帮忙,从河底推土,狗把车子装得像山一样,一车顶别人两车。多沉哪,压得车胎瘪瘪,车架子哆嗦。车子都是队里的财产,队长胡寿看见了,批评狗:"狗!你给私家干活,毁了公家的车,我扣你的工分!"狗嘿嘿笑。那娘儿们递烟卷儿给狗抽,还乜斜着眼挑逗狗:

"大兄弟,想不想媳妇?"

狗说：

"嫂子，苍蝇蚊子都配对儿，狗怎能不想媳妇？"

女人道：

"好好帮嫂子干活，待几天嫂子给你说个俊媳妇。"

狗道：

"也不要俊，像嫂子这样的就行啦。"

女人道：

"嫂子老东西，不值你稀罕。"

狗记得女人把衣服掀起，说好热天真好热天，好像是扇风，实际是暴露那两根布袋子奶子给狗看呢。狗于是卖了死力气给她家干活。干完了活那女人就不认账了，像条泥鳅一样不让狗捉住。有一次狗在玉米田里捉住她，让她兑现，她一把差点把狗攥死。狗哭了，第一次感到被人耍弄了。但等到她家自留地里有活时，狗又去帮她干。她那个歪头男人歪着头坐在地头抽烟，好像个监督长工劳动的老地主。狗怎么都不明白她为什么要附和着孙六老婆骂她。难道最起初时不是她故意揪出那两根奶子诱惑我狗吗？

狗的胡思乱想像一条瞎眼狗胡碰乱撞，想到哪就是哪。他跟着乡警和锣鼓声穿过那几十株碗口粗的白杨树构成的小树林，踩着枯树叶子，往集上走。外边有一条路，路外有一条土河堤，有一些人正从河堤那边翻过来，都嚷嚷着：

"来看呀来看，来看狗这个小杂种小畜生游街呀！"

狗感到了羞。因为那些人几乎都是他认识的人。他使劲低着头，低头累，又抬起头。一想，又觉得没有什么值得羞的。有一天回了村，狗想，可以把很多新鲜事儿讲给他们听。准把他们唬得大眼瞪小眼。

树林子缝里，靠着墙根那儿，避风向阳处，猴蹲着一个老头儿，面前守着红红黑黑一片纸儿，纸上压着砖头瓦片土坷垃，怕被风刮破刮跑。那是些对联儿，过年时往门板上贴的。狗想道：哎哟，就要过大年啦！杜文章又卖字儿来了。八月里进了班房，糊糊涂涂，眨眼的工夫，四个月就过去了。杜文章一摆摊就证明年到了。狗斜着眼看杜文章，好像杜文章的眼光也往这边斜。狗上过两年半学，斗大的字认识几个。他虽然识字少，但尊敬识字人的道理却很懂。他想起上学时杜文章就是教师。那时杜文章就是这副模样，几十年都没有变化，你说奇怪不奇怪？"奇怪奇怪真奇怪，肚皮下面四个盖。"狗想起了杜文章出的谜语，"沟从毛里走，毛从沟里走，我说这话你不信，回家看看你娘也有。"那时候学校在杜财主家的两间厢房里。杜财主解放前跑到台湾去了，家里留了个大婆，小婆也跟着他跑了。土改时，分了他家的地，分了他家的房子。大婆子一辈子没生育，孤孤单单一个人，搬到原先的长工屋里去住。狗听说村里几个老干部都到她炕上去睡过，但没人跟她成亲，恶霸地主的大老婆，睡她是革命行为，跟她成亲就是反革命的行为了。这些话都是狗听饲养员孙六说的。孙六说土改时他当民兵，扛着一杆破大枪，腰里掖着一颗手榴弹。四七年好大的雪，平地雪深三尺，清晨起来，门板都被雪顶住了。河平了，井也没了。野兔子冻草鸡了，跑到村里来找食吃，肚皮贴着雪爬，一棍子就能打死。孙六说他就打死过两只兔子，肥得像小猪崽子一样，剥了皮，下锅煮，香极了。馋得狗哈喇子流到下巴上，说，再来个四七年就好了！孙六说，真是个膘子狗，什么都能再来，四七年能随便来吗？四七年杀人成了堆，满街的狗都疯了，吃死人吃红了眼，见了活人恶扑。狗可没见过那么大的雪。狗想，只要有大雪，只要有野兔子好打，管他死人活人干什么。想着，狗朝杜文章那儿斜过去。一位县警从后边揉了他一下，说：

"往哪里走？"

狗一激灵，肩膀在一棵杨树上撞了一下，也觉不出痛不痛。他挺想跟杜文章打个招呼，往常赶年集时，狗买对联，都是买杜文章的。他说杜老师俺买几副对子，杜文章就抬起头看看，从棉袖筒子里拿出手，问狗家里有几扇门。狗说只有两扇门。杜文章就揭一幅"江山千古秀，祖国万年春"给他，还送一幅"猪大自肥"给他。狗说家里没养猪。杜文章就说没养猪就贴在你娘炕头上吧。如果有旁观者，旁观者一定大笑。狗知道杜文章跟自己开玩笑，"猪大自肥"怎能贴到炕头上呢。狗说杜老师你以为我真是膘子吗？杜笑着说，不是，你是个傻瓜蛋。杜文章戴着一顶三扇瓦的毡帽子头，嘴上还捂着个乌黑的口罩。狗听人说只有城里那些好俊的大嫚才戴口罩，乡下人戴口罩就是不正道。狗有一次看到县剧团那些来村里当工作队的人戴一只雪白的口罩，那么大那么白，捂得脸上只露出两只眼，大眼，水汪汪的大眼，会说话的大眼，勾魂要命宋梨花的眼。人家那才叫戴口罩呢！狗想。狗问：杜老师，你嘴上捂着个什么？杜文章说：口罩。狗说：不对不对不对。杜文章道：那你说是什么？狗道：我听人说是例假带子。旁观者笑。杜大怒，捡块砖头打狗。狗夹着对联跑了。狗听到身后人们议论：谁说他是膘子？连杜老师都转着圈儿骂了！狗心中十分得意。越想越得意。回到家吃饭，想起来又笑。娘问：狗儿，什么事这么欢气？狗道：娘啊，今儿个在集上，卖对联的杜老师都让我转着圈骂了，看他还敢不敢叫我膘子。娘说：膘子儿呀，老师能随便骂吗？老师都在天上顶着星星呢，骂了要遭天报应的。狗说：顶个屁！娘你忘了，小时候我跟着他上学，他出了两个谜语叫我猜，我猜不出，他让我回家问你，你也猜不出，后来他说：一个是你娘的脚，一个是你娘的梳。娘说：杜先生好滑稽，人心眼儿不奸不坏，他是长辈，你是晚辈，他骂你是应该的，你骂他就不应该了。狗说：好，我去向他赔个不是去。娘说：这才像个懂事的好孩子。狗一溜风跑到集上，说：杜老师，俺娘让我给你赔不是来了。俺娘说先生戴的是口罩，不是例假带子。众人又笑。狗更得意。狗咻咻地笑出声来。县警又训他。吴所长回头道：

"真是个大膘子，游街示众，他竟自笑。狗！想起什么好事了？"

狗咻咻笑着弯腰。县警用膝盖顶他，询问他为什么笑。狗道：

"杜老师还戴着那个口罩。"

"真是莫名其妙！"县警道，"戴口罩有什么好笑？"

狗道：

"他戴在嘴上的是例假带子。"

乡警县警愣了几分钟，都忍不住怪模怪样地笑起来。吴所长道：

"狗呀狗……真他娘的你个狗……"

秘书道：

"他妈的吴老尿，瞧瞧你们捉的这人！一个大膘子，值当的吗？小高小乔，走走走，咱们回去，让他们自己游去吧！——再游咱也成了大膘子了！"

县警队长道：

"同志，'牢骚太盛防肠断'。你以为我们是吃多了来消闲食？这年头，谁也不比谁聪明，谁也不比谁傻！"

一个县警亮亮警棍，说：

"再敢调皮，我就封了你的嘴！"

狗知道警棍的厉害，脸上立即严肃起来。

队伍继续铿铿锵锵往集上走，走出树林子，跨过窄马路，就上了集。赶集的人约有五七百，都好奇地看。太阳小了，不那么干巴冷了。人嘴里的气喷出来，像雾。

五

狗的官名叫张国梁,挺响亮、挺有意义的一个名字,但没人叫。大人小孩都叫他的乳名:狗。狗的官名还是杜文章起的。狗第一天去上学,杜文章说:狗,别叫狗了,我给你起个好名。狗在学校那两年半,净给教师生炉子、喂兔子。后来他娘说:索性别上了,回家干活,挣几个工分也好帮帮穷。

狗去生产队的铁钟下等着队长派活。队长胡寿,瘦高身材,脸上有麻斑。狗感到队长是个很善良的人。那天队长又喝醉了,两条腿像挥舞的连枷,悠悠晃晃,远远地走来。铁钟下蹲着站着几十号人,有男有女,有老有少,都是生产队的社员。好太阳,麦子打苞孕穗的季节,有的人还披着破棉袄,有的人已穿起了裤头。孙六家那些儿子们已打起了赤脚,这是一窝特别抗寒的耗子。郭老沫脱了棉袄,光着脊梁,靠在墙根上捉虱子。队长歪歪斜斜地过来,手比画,嘴里吵嚷,舌头根子硬,呜呜噜噜,听不清他说的什么。社员们悠闲着看景,没人着急,反正是公家的活儿,少干一点是一点。队长过来,作张作势地敲钟,腿软得罗圈套罗圈,众人都笑。队长派活：一拨去种苞米，一拨去锄麦子。张三李四王二麻子淘气，七嘴八舌议论着队长的醉态，各自回家去拿农具。所有的人都派了活，就剩下狗。狗心里空落落的。队长掏出家伙就着墙角撒尿，很冲，哗哗响，喉咙里还打着酒嗝，像母鸡学公鸡打鸣一样。狗战战兢兢地上前，伸出手，戳戳队长的腰，队长吃一惊，猛转身，拖泥带水一裤子，好恼，红着眼，喊：

"狗儿呀……你干什么……"

狗说：

"胡寿爷，俺不上学了，俺娘说求爷给派个活儿，挣几个工分。"

"哈咦咦，狗儿，你能干什么？你会干什么？"

"干什么都行。"

队长想了想，说："尽管你家成分高，但孤儿寡母不容易，这样吧，派你个轻松活，赶明早上，跟着周五去放牛吧。"

队长说完，就摇晃着身体，走到生产队的大草垛旁边，身子一侧歪，跌在草堆里，呼呼地睡了。狗感激队长，跟过去，抱了些草，把队长的身体盖起来。副饲养员沈宾看见了，大吼：

"狗，你干什么？"

狗说：

"拉草，埋人。"

沈宾走上来，扒扒草，露出一张青紫的麻脸，吐吐舌头，悄没声地走了。

狗跟着沈宾屁股走。沈宾一回头看到，呵斥道：

"膘子，你跟着我干什么？"

狗得意地说：

"胡寿爷派我赶明早上跟周五一道去放牛。"

沈宾用阴森森的目光盯着狗看，看得狗心里敲小鼓儿。狗听到沈宾说：

"我日他个娘，这是什么世道！"

狗不知道沈宾骂谁，愣愣地看着沈宾的嘴，沈宾的嘴里镶着两颗银色的牙。村里除了沈宾，没有第二个镶牙的人。狗听王光武说沈宾在八路军胶高支队里当过班长，与日本兵面对面地拼过刺刀，后来又在解放军里当过连长。王光武说沈宾的老婆李水莲当年嫩得一招冒白水儿，白脸红嘴唇，好大的两片腚，浪得天摇地动，手上还戴着一颗金镏子哩！不是军官的太太，谁人能戴得起金镏子？沈宾后来当了邮电局长，一个守电话的大嫚迷他，光着腚就钻到沈宾被窝里去了。沈宾也就坡上驴爬到大嫚身上。爬了几次后，大嫚的肚子就鼓起来了，说是肚子里有了小孩。大嫚的男人碰巧也是个解放军连长，一状告上去，就把沈宾给捕了，判了四年徒刑。狗对沈宾佩服，羡慕沈宾的好运气。狗多次想：什么时候才能有个大嫚光着腚钻到我的被窝里来呢？

沈宾进了饲养室，狗跟了进去。牛们都被周五赶到草甸子去放牧了，屋里空荡荡的，只有一排拴牛的柱子，一溜十几个石牛槽。栏里垫了新鲜黄土，香喷喷的。孙六不在。沈宾卷了一支烟，从灶里引出一茎火，点燃，看着狗，若有所思。狗看着沈宾瘦干巴的小脸，忽然想起他老婆李水莲的那张白茫茫的大胖脸。狗听张有田说沈宾劳改那阵子，李水莲可逮着机会啦，白天连着黑夜和那些公社派下来的"抓革命促生产"的干部困觉。沈宾劳改四年，李水莲生了五个小孩，一年一胎，前三胎三个女，最后一胎两个男孩。李水莲一感到肚子里有了故事就赶紧往劳改农场跑。跑到农场，鸡毛火促地跟沈宾睡上一觉，就算给肚里的孩子找到了爹。李水莲生那些孩子一个一模样：有长脸的，有圆脸的，有椭圆脸的。有白颜色的，有红颜色的，有黑颜色的。沈宾回来一看立即就明白了：自己劳改这四年，李水莲一霎时也没让腚沟闲着，眼瞅着一群五颜六色的孩子在李水莲教唆下追着自己叫爹，沈宾满肚里百苦千辣也说不出来，自己的把柄还牢牢地在李水莲手里攥着呢。李水莲发了疯撒了泼那可不是闹着玩的。狗亲眼看到李水莲跟王大福老婆打架，打不过人家，就当着半个村的人，把衣裳剥光，像一只大绵羊一样，咩咩叫着，窜到王大福家去，踩着板凳，跳到王大福家供养祖先牌位的桌子上，双腿开叉坐着，呱唧呱唧拍着肚皮哭、骂。这一招真邪，真损，王大福家从此就倒了霉：养鸡死鸡，养鸭死鸭，养兔子死兔子。先是老婆得了疯病，见人就脱裤子，继而王大福上了吊。李水莲那一身打着折子的白色肥肉经常在狗脑海里晃动，也经常让狗全身都硬邦邦起来。狗还想起了李水莲许许多多和男人的事。他突然产生了讨好沈宾的念头，便说：

"我看到过，你老婆和队长，咬着尾巴儿钻到胡麻地里，好半天才钻出来，你老婆头上顶着野麻花……"

沈宾出手一拳，把狗打得一腚跌地。他哭咧咧地说：

"是真的……谁撒谎谁是小狗……我亲眼看到了，你老婆跟队长㧟在一堆儿……"

没容他说完，脸上又挨了一拳。

好久之后，狗用舌头舔干净唇上的血，看到沈宾眼珠子通红，怪吓人的。他爬起来，想悄悄溜走，肩膀却被沈宾机灵的小手抓住了。

"爷，爷，亲爷，狗不敢了……"狗哀求着。

"我不打你，"沈宾摸出一个打火机，递给狗，说，"你去把草垛点着。"

狗接过打火机，想了一会儿，说：

"我不去点。"

"为什么不点？"

"胡寿爷在垛里困觉哩，我去点上火，不是把胡寿爷烧熟了吗？"

"你敢不去？"沈宾凶着说，"你敢不去我就捏死你！"

狗很怕被捏死，就说：

"好好，我去点。"

狗拿着打火机跷腿蹑脚地走到草垛边，听到草堆里鼾声像打雷一样，有一撮乱草，在胡寿爷头那块儿抖索着，胡寿爷正睡得香。狗想，既是沈宾这样了不起的人物让自己放火烧熟胡寿爷，不烧才是膘子咧！反正自己是膘子而沈宾爷不是膘子；反正膘子受不是膘子指派出了事要找不是膘子而不会找膘子；反正胡寿爷已派我跟周五去放牛；反正烧熟了胡寿爷我也不吃。想着，狗脑子里就汹汹地燃起一片火光来，把边边角角都照亮了。

狗蹲下，才要去拨打火机齿轮，就听到草堆里一声响，吓得狗把打火机掉在草上，脑子里那片火光也熄了，一团漆黑。狗闻到一股子酒酸肉臭味儿，才明白适才那声大响是怎么一回事。胡寿爷在草堆里翻了一个身，一片草嚓啦啦响，还有胡寿爷的嘴吧唧吧唧响，好像吃什么好东西一样。狗看到胡寿爷的一只手从草里伸出来。好大的一只手，像小蒲扇一样，挓挲着五根粗大的手指头。手是黑的，铁似的，生着锈。狗想，这样的手如何能烧透？又一想，反正是沈宾爷让我烧，烧透烧不透都不干我事。想着火，脑子里又明亮起来，他从草缝里捡起打火机，噼啦，噼啦，一下下扳齿轮，扳了三五下，竟然蹿出一股小火苗，黄颜色，跳跳抖抖，会说话一样。会说话的小火苗与狗对话，逗引得狗心活泼泼乱跳，禁不住想嗷嗷叫——狗每逢喜事就会嗷嗷叫，大伙都厌烦地说：真不枉了叫狗——明亮的、像金子一样的火焰使狗沉浸在一种难言的幸福和亢奋中。他把那小火苗子触到被春天的太阳晒得几乎没一点水分的麦秸草上。火使麦秸立刻焦黄了，乌黑了，弯曲着燃烧燃烧着弯曲了。火焰很快便蔓延起来，狗咧着嘴，呆着眼看火。这时，躲在一边看景的沈宾扑过来，跳动着双脚，把火焰踏灭。狗不明白沈宾的意思。面对着缭绕的青烟，嗅着燃烧未尽的麦草的焦煳味儿，狗心里很失望。他想问沈宾个究竟，但他的眼睛却盯在胡寿爷那只黑色大手上。那只手上仿佛生着眼睛和嘴巴，会看东西会说话。胡寿爷睡得沉，火难惊醒他的梦。他的呼噜不断。狗看到沈宾消灭着燃烧的痕迹。沈宾把狗拖到饲养室里，从狗手里夺过打火机，送给狗一块花生饼，狗立即咬了一口，感到牙碜。沈宾咬着牙说：

"狗，今天的事你要敢告诉别人，我就让公安局来捉你！"

"抓我干吗？"狗疑惑地问。

"干吗？你说干吗？"沈宾把手指蜷伸成一支枪，瞄着狗的头，说，"叭勾——枪毙你！"

"凭啥枪毙我？"

"你妄图放火烧死队长，还不该枪毙你？"沈宾道，"叭勾——一枪打去，你的脑浆子就迸出来了，眼珠子也迸出来了，挂在腮上当啷着你怕不怕？"

狗想了想，说：

"怕。"

沈宾道：

"怕就好，记住，闭住你的嘴，对谁也别说。"

狗道：

"也不能告诉胡寿爷吗?"

沈宾道:

"操你娘个膘子狗!你放火烧他,他知道了不活剥你的皮才怪!"

狗道:

"告诉俺娘行吗?"

"不行!"沈宾道,"谁也不能告,否则你就要死了。"

狗说:

"我明天一早去放牛。"

沈宾又给他一块花生饼,狗吃着,说:

"胡寿爷趴在你老婆身上哼哼呢,我不骗你。"

这时孙六进来,虎着脸道:

"膘子狗,你在这偷什么吃?"

六

第二天早晨,狗吃了个半饱,叼着一块饼子,掐着一块咸菜,跑到铁钟下等周五。他蹲在铁钟下,看着坑坑洼洼的街道和大槐树下那口水井。井边不断有人打水。太阳刚升,红光很深。有一位梳辫子的姑娘担着水从狗面前的街道上过。她叫方珍,是麻风病人方宝的妹妹。她哥钩钩爪疤疤眼,她却很好看。狗看到她穿着一件灰褂子,一条蓝裤子,一双系袢的白底黑帮鞋。她的腰扭着,肩向搁扁担的一边斜着。她的两瓣屁股让狗的心跳不稳。她很少跟人说话。村里的姑娘不跟她合群。有一些小孩编了顺口溜骂她:方珍的哥方宝,疤疤眼钩钩爪,这个病治不好……其实也没骂方珍,是骂方宝哩。其实也没骂方宝,方宝原本就是那模样哩。谁要当着方珍这样骂,方珍就和谁拼命。有的人建议村干部出面禁止方珍到村子里的公用水井去挑水,方珍大怒,把她家的一锅面汤倒到水井里。狗看到方珍的涂满红色阳光的水桶上下跳跃着把一些亮晶晶的水珠儿溅出来落在街上的浮土里。狗不愿方珍这么快地从自己眼前滑过去,糊糊涂涂的狗就念了一遍那首顺口溜。方珍放下水桶,摘下扁担,高举着,横眉竖目,冲向狗。狗听到扁担钩子哗啦啦响着,看到方珍像只大乌鸦一样飞过来。他入迷地看着她,突然感到头顶上啪叽一声响,舌头一阵钝痛,狗不由自主地萎靡在地。方珍又抡着扁担拍了他几下子,但力道远不如第一下凶狠,部位也不是要害,扁担拍到狗的肩上、背上、屁股上,一点都不痛,好像别人在挨打狗在看景一样。方珍哭着骂着担着水走了。狗看到她的身影模模糊糊,像一团蓬松的、不断变换形状的乌云。

方珍拐进一条胡同,消逝了。狗心里感到非常难过。其实他心中充满对方珍的友好感情,念那段顺口溜,是表达感情的一种方式。他不明白方珍为何发这么大的火。他感到嘴咸咸的,吐一口,看到了鲜红。他想爬起来。躺在地上,像死狗一样,让人看着多难看?他扶着挂铁钟的柱子站起来,感到天旋旋地转转,看到眼里的景物都走了模样。房屋呀、树木呀,都像云和烟一样,没个定形。

社员们三三两两地往铁钟这边聚合了,有剔着牙花子的,有吧嗒着嘴的,都看到了狗,惊奇地问:

"咦,狗,吃了迷药啦?怎么一大清早就在这儿转圈圈?"

狗想说话,但咋用劲也张不开嘴。

有一个人走上去,看看他的头,说:

"怎么弄了这么个大血包?撞到墙上了吗?"

那人心很慈,从街上抓一把浮土,按在狗头的伤口上,用手揉揉,揉得狗龇牙咧嘴,嗷嗷叫。街心土,治百病,真灵。狗叫了一阵,头不晕了,天地不旋转了,眼睛管事了,看东西清楚了。

那人问狗：

"你怎么弄的？"

狗光龇牙不说话。

社员们都来了。队长也来了。狗看到队长头上沾了一些麦秸草，憋不住笑了。他的笑怪模怪样，惹得众人齐乐，有人说：

"瞧那个膘子样！"

帮狗治伤那人道：

"真好皮实孩子，头弄成那样，还笑。"

队长醒酒了，舌头活了，但腿下还有点不利索，吐一口，说：

"狗，笑什么？"

狗严肃起来：

"昨儿个，沈宾让我点火烧死你。"

队长脸色变了，厉声问：

"你说什么？"

狗突然想起沈宾的话，伸伸舌头，不吱声了。

队长又点着张三李四的名字派完活，转身就走。狗看到周五弓着个残腰，正在帮饲养员往外拉牛，便跑过去，说：

"周五爷，队长让我跟你一块放牛。"

周五一抽搐脸,说:

"去,麻缠什么!"

狗说是真的。

周五便撇了牛,追着队长喊:

"队长,等等。"

队长站住,回头,看着周五。

周五弓着腰跑,像电影里那些打冲锋的鬼子一样。追到队长跟前,鞠一躬,说:

"队长,狗说您说让狗跟我去放牛?"

队长愣愣,拍拍脑袋瓜子,说:

"好像是有这码事。"

队长喊:

"狗,过来。"

狗跑过去,仰脸看着队长。队长道:

"跟周五放牛去吧,好好看着,别让牛吃了人家的庄稼,更要紧的是别让公牛跨到母牛腚上去——饲草吃紧呢,再添小牛不行,大牲畜杀了犯法,喂又喂不起,卖也不值钱。"

又嘱咐周五:

"添了帮手,你推辆车子去,把牛拉的屎全给我拾回来。"

周五鞠一躬，道：

"是。"

队长一拐弯就没了踪影。周五用黄色的大眼珠子盯着狗，咬着牙根低声骂：

"狗杂种！"

狗问：

"周五爷，骂谁呢？"

周五道：

"你说骂谁？就骂你个狗杂种呢！"

狗不解，问：

"骂我干啥？"

周五说：

"你没听说？让我把牛拉的屎拾回来呢！这么多牛，漫草甸子拉，让我怎么拾？都是你个杂种来了给我添的罪。"

狗惶恐得不得了，满脑子里找不出一句合适的话说。周五前头走，他怯怯地在后头跟着。到了饲养室门口，周五把一支鞭子递给他，说：

"揽着牛别让它们跑。"

周五去找保管员找车子找粪篓。保管员王二仓正在库里拌耗子药，忙着咧。周五挨了王二仓的斥，推着一辆破车回来,那腰似乎更弓,额头几乎触着车梁子,把怒火嫁到狗头上,狗怎么着干都看不顺眼。牛缰绳都挽在角上,牛都急了,急着去东北大洼的草甸子里吃带露的嫩草,方六一开木栅栏,齐擎起头,你挤我搡,一窝蜂,几十条腿乱纷纷,窜到了大街上。沈宾用一根挺直的手指戳戳狗的腰,小声但阴沉地说:

"你要再敢乱说,我就剥了你的狗皮!"

七

放牛放到十几天上,狗与周五的关系大有好转,原因很多:一是狗腿脚矫健,能与那几头疯跑的半大牛犊赛跑,从而使周五最头痛的牛吃庄稼的恶事避免发生。二是狗很舍得卖力气,周五的每一个命令他都不遗余力去执行。三是拾牛粪的事并没有周五初想得那么严重,牛从草甸子回村的路上拉的屎足装满两粪篓,草地的牛屎无须捡。队长看到周五每天推一车粪回来,很高兴,夸了周五也夸了狗。原因很多,只说了主要的。

狗感到很乐,放牛有意思,放牛比起上学太有意思了。

那片草甸子在狗的印象里无边无缘。六月的草甸子里汪汪一片水。四月的草甸子绿绒绒一张大毡子。茅草、生草、芦桩、水穇、石草蔓子、野薄荷、酸麻韭、苦菜子、婆婆丁……草和菜的种类多得数不清，有许多种周五也不识名色。牛有十三头，都各有毛色各有体状各有角，狗给它们命了名。那头走路后腿不利索的蹄子在地上划道道的老阉牛叫"英文"，那头肚皮上有白花的母牛就叫"白花"，那头还没阉的小公牛脊梁特宽就叫"双脊"，那条尾巴弯曲的蒙古牛叫"蛇尾"，还有两头没阉的鲁西小公牛，长相一模一样，黄黄的，憨憨的，就叫"大鲁西"和"小鲁西"。狗挥舞着用精麻拧成蛇形、接了皮梢的鞭子，挫出一声声脆响，啪啪啪。牛们在草甸子大口啃草，狗尾随着它们，很悠闲，有时看看天上那些似走非走的洁白的云，有时痴痴地听听半空中那些鸟儿的鸣叫，有时捉捉蚂蚱、掘掘田鼠，有时用那扁扁的狗嗓子吼几句在学校时学来的歌。半上午的光景狗可真恣。

牛吃饱了，狗的活就来了。队长严禁牛踩牛。如果母牛不起性，连看也不用看。母牛不起性公牛不动，似乎母牛起不起性公牛都知道。有一天，周五鬼鬼祟祟地说：

"狗呀，提防着吧，'白花'起性了。"

狗问：

"周五爷呀，你又不是公牛，怎么知道'白花'起性了？"

周五道：

"你看'白花'的脐子，不是有一些透明的丝线沿着那道缝往下流了吗？脐子掉白线，就是要起性了。你再看'白花'那两只眼，不是斜着瞅那些公牛吗？平常日它的眼神不是这样吧？平常日它只顾吃草，根本不理公牛。"

狗惶恐地问：

"怎么办？咱弄块泥给它糊上行不行？"

周五憋不住地笑起来，笑着说：

"狗呀狗，你出的狗主意，糊上你让它怎么尿尿？"

狗道：

"那怎么办？"

周五说：

"你别离开'白花'，跟在它腚后，公牛往上跨，你就用鞭杆戳它的蛋子。"

"戳毁了怎么办？那地方可痛呢！"狗担忧地问。

"你真是条傻狗！"周五说，"从前，给公牛去势，都是用木棒子捶，先轻后重，一直把那俩蛋捶化。牛被捶得哞哞叫，翻白眼，也死不了。现在兴起用刀割，快是快，但不发牛，捶牛发大个头。"

"你捶过牛？"

"老子没捶过牛，"狗看到周五眼睛里放出碧绿的光芒来，"老子捶过人呢！"

周五说话时的神情让狗心里凉森森的，捶人的人多狠啊，被捶的人多痛啊。牛群渐入草甸子深处，太阳晒得绿草散发清香，野薄荷的味道清凉，酢浆草的味道酸溜溜。狗感到眼皮发黏。周五打了一个长长的哈欠，选了个干燥的地方，铺下破棉袄，吩咐狗：

"狗儿，我先睡一会儿，你跟在'白花'腚后，千万别大意，牛、羊、马交配，一跨就丢，不似猪、狗，跨着老半天不下腚。秋天下了犊，队长生了气，咱爷俩就有好罪受了。"

周五歪到棉袄上，伸展着蹄爪受着阳光，舒坦得直哼哼。狗羡慕地看他一眼，自知不能跟老人攀比，努力打起精神，倒提着鞭子，跟着漫散的牛群跑。牛们都贪婪地香甜地吃嫩草，尾巴甩打着轰赶灰绿的飞蠓和花翅的吸血苍蝇。不时从草棵里飞起粉红翅膀的蚂蚱，勾引走狗的目光。狗牢记着周五的教导，尾随着"白花"母牛。这是一头美丽的牛，头上有两只铃铛角，两只灵巧的耳朵，皮毛光滑，四肢矫健。狗看到它果然像周五说的那样，两只水汪汪的眼左顾右盼，有一口无一口地采着草尖，想公牛想没了胃口。狗看到它的原先正被尾巴压住的脐子露了出来，那话儿确实是在往外流一些透明的丝线。狗还发现那话儿肿了。它的尾巴歪到一边去。它不停地叫，不停地、夸张地叉开半蹲着两条后腿撒尿。狗心里乱麻一样，小肚子胀鼓鼓的，有尿逼的感觉，掏出来又没水洒。狗吃惊地发现，自己那物竟然也掉出丝线来了。一种又惶恐又幸福的感觉攫住了狗心。狗咧着嘴想哭。"白花"一鸣叫，那些小公牛们都抬起头，不吃草了，贼溜溜地往这边靠。狗一鸣响鞭，把它们逼退。"白花"一撒尿，臊味随风飘，公牛们疯了般，喘着粗气冲过去，张大鼻孔，嗅嗅那尿，然后，闭着眼，翻着唇，龇着牙，屏住鼻，挺起脖子，扬着头，下巴朝着天，样子又古怪又肉麻。狗讨厌公牛们那模样。狗尤其讨厌那条阉了不知多少年的黑色老公牛"英文"，这家伙后腿僵直，其实是个残废。它没了内容的蛋囊子撮着，像女人脑后的小髻髻，肚皮下也萎缩了。可就是这样一个牛太监竟然也来闻臊，脸上的表情比小公牛们还肉麻。这家伙，竟然费尽辛苦把那根细而弯曲、生满锈迹的玩意儿从肚皮下边伸出来，它那么大的躯体，那么小的玩意显得很不般配，让狗惊讶又不快。它还拖着一条僵腿试图往"白花"腚上凑乎呢，被狗一鞭子迎头抽回去。狗的鞭梢不巧扫了"英文"的眼睛，它紧闭着眼，低了头，转着圈，眼泪哗哗地往下流。再让你个老东西想好事。骂归骂，狗心软，见牛那泪眼婆婆的样子，很不忍。正难过着呢，好家伙，"白花"浪劲上来，脐子里着了火，疯了，竟跨到蒙古牛的背上。狗又喜又惶惶，都是公牛骑母牛，哪见过母牛骑母牛，怕是要出什么灾祸事儿吧？仰脸看天：日头煌煌地照着，和风洋洋地吹着，天地间汤汤好风光，不像个要天变地变的样子。急忙想把这奇事告诉周五，那老贼在几里外睡恣了，只怕钢枪都难戳醒，除了周五，这大草甸子里，就狗一个人了。那些没起性的母牛斜着眼，歪着嘴巴，冲向狗，嘻嘻地笑呢！狗紧接着看见了更惊人的事儿："白花"在跨上蒙古母牛背那一瞬间，一股红血，从脐子里流出来。狗恍恍惚惚地听说过女人一个月流一次红的事，"白花"流红，那感觉千头万头，撞着狗的心，狗像在滚水里烫着，下边就丢了，一种说不清道不白的滋味，如同犯了大罪一般。蒙古牛很烦，一扭身体就把"白花"给闪了下来，似乎还说：真不要脸个浪货。狗呆了，看到"大鲁西"和"小鲁西"瞅着空子冲上来，肚子下都挺着一根胡萝卜,自然都比"英文"水灵,让人看着水汪汪的像个活物,不似"英文"那话儿是根脱了水的死物。"鲁西牛"都还不满一周岁,还嫩着点,你上我下,都是关键时差一寸,滑下来,再上,"白花"赌等着,几上几下,兄弟轮着上,愈来愈不行,"白花"恼了,转回头,用根基不牢的铃铛角去顶它们。狗想它一定懊恼透了。这时,那长得四四方方的"双脊"在距"白花"几步开外佯装吃草,把老鸹草、蛤蟆皮等毒草往嘴里捋,一看心就不在草上。那胯间的当啷货如蛤蜊的斧足一样慢慢上搐,紧凑,肚皮下呼啦啦伸出一根,湿漉漉的,生龙活虎,果然是一番新气象。狗还愣着呢,那小家伙一个猛扑就上了"白花"的背,滋啦一声,像烧红的炉钩子捅到雪里。很透彻,很深刻,触及了狗的灵魂,狗什么都看不到了。哞哧一叫,"双脊"下来,狗一腚坐在草地上,呆呆地,看到"白花"腰弓着,四条腿打抖颤……

狗一景不漏地把他看到的景说给周五听。

周五大呼:

"狗,坏了醋了。"

周五说我别的不担心我就担心"双脊",只有它能做成这事。毁了,冬天"白花"一下犊,队长非把咱一年的工分扣了。狗瞪着眼问：

"五爷，咋办？"

周五想想，说：

"没别的法子，轰着'白花'跑，颠出来。"

狗和周五打着"白花"跑。"白花"东一头西一头乱撞，狗敏捷，急转弯跟住牛腚，鞭打，鞭杆捅。"白花"怒得不行。周五腰疾，腿硬，几个回转，早喘成团，胸脯里"咚咚"响，小公鸡打鸣一般生硬毛糙的声嗓咳嗽着、喘息着喊：

"狗呀，好狗，死劲撵！"

狗也累了，但一股莫名其妙的怒火和莫名其妙的诱惑使它不停脚。"白花"离了牛群，平伸着尾巴，翻腾四蹄，甩起一片片泥土，泥土里拌着踩断的草叶和花茎，有的溅到狗脸上，迷了一只狗眼，狗眼沙涩，疼痛，"白花"像个闪光的大影子，狗搓眼，狗眼里流泪冲出浸眼的泥土。狗鼻翼鼓胀，有一股青草的味道混合着泥土的味道、花的味道、发情母牛的味道直灌进胸腔，感到展翅飞行一般。"白花"斜拉里摆脱狗，回归牛群，寻找公牛的保护，但公牛们不理它，公牛们不负责任地、懒洋洋地啃青草。狗的肺像吹鼓的气球一样。周五踉跄着尾上来。他似乎比狗还累，狗说：

"五爷,我可跑不动了。"

周五说:

"歇会,歇会吧。"

这时"白花"停住,周身汗,像抹了油,嘴里嚼着白泡沫,停住,劈着腿尿。尿完,哀伤地长鸣一声,往前走了。周五说:

"狗儿,把鞭杆给我。"

周五用鞭杆戳一下"白花"的尿,举起来,端详,耀眼阳光里,看到粘,挂,白丝丝一样。周五大声说:

"狗呀狗,你快看,尿出来,怀不上犊了。"

狗随声认真看,有些迷糊。他不懂生理,感到有些神秘。

周五说:

"咱不能大意,'白花'起了性,别的母牛也会起性,这么肥的草,催得它们浪,饱暖生淫欲,饥寒起盗心。"

狗说:

"五爷,'双脊'动作快,我看不住它。"

周五道:

"不要紧,咱给它加上拌腿索。"

周五吩咐狗到粪车上解一根绳子,又吩咐狗去逮

"双脊"。"双脊"生性，红着眼看狗，那还没长完全的两支角青尖红根，油润润的，玉雕成一般。狗生怕"双脊"一角把自己的肚皮挑上一个洞。周五用麻绳子把"双脊"的两条前腿连系起来，使它仅仅能慢慢行走，不能跑，更不能耸起身跨到母牛背上。"双脊"哞哧哞哧憋粗气，这家伙还通人性呢……

放牛生涯启蒙了狗的性意识，后来他经常感到神昏意迷，朦朦胧胧地在脑子里转动着一些念头，狗脸上也生出了粉刺。周五阴邪邪地看着狗笑。周五开始讲一些男女的事给狗听，什么当兵逛窑子，什么用蛇交配时流的血涂在手绢上对着大嫚一挥，大嫚就会痴痴迷迷跟你走，什么狗的是锁猫的有火女人的舒坦小孩捞不着啦，等等，讲了很多；关于治保主任方三郎和他妹妹方小花在一个被窝里睡觉的事也是在那些日子里说的。周五用一个又一个的色情故事把狗引向深渊。终于，在一个红日西沉的傍晚，狗骑在"白花"的脊梁上，得到了一种奇异的感觉。周五还暗示狗自己淘漉自己，等到狗出了徒后，他又用"十滴血一滴精"的话把狗吓得半死。

狗和周五的午饭在草甸里吃，因为草甸子距村太远，怕走乏了牛。每天中午，牛们吃饱了趴下回嚼了，狗就拢干草，周五点火，两人烤干粮。狗的娘每次都给狗捎一个二和面的大饼子，一疙瘩黑酱。周五的饭也是如此。有一天，周五没捎饭。周五说：

"狗呀，今儿个我过生日，待会儿我老婆给我送饺子来，你自己先烤干粮吃吧。"

日头正南时，狗啃完饼子吃完酱，果然看到有一个穿着毛蓝布褂子的女人挎着个篮子从草地边缘走过来了。狗眼尖，说：

"五爷，俺五奶来了。"

周五说：

"狗儿，你五奶俊不俊？"

狗张口结舌。

周五的女人瓜子脸，尖下巴，细眉毛，白皮肤，有一个村里女人少见的细腰。她把竹篮子放在周五面前，说：

"吃饭吧。"

周五一揭罩布，狗看到半竹篮饺子。其实狗早就闻到饺子的味道了。周五眼睛发亮，扑上去，伸出沾着泥的手，抓起来，一口一个，似乎一点也不嚼，滑滑溜溜往下咽。馋得狗干咽唾沫。

周五老婆看不过去，招呼狗道：

"你也来尝尝。"

狗说：

"不饥，刚吃了。"

说着，腿却往竹篮子边凑。

周五看狗一眼，捏起一个饺子，给狗。狗心里暗骂着周五小气，但实在太馋，手早抢过来，没尝到什么味道就下了肚。

周五老婆说：

"再给他几个吃吧，你吃不完的。"

周五不满地说：

"你怎么知道我吃不完。"

周五把腰带松松，把肚子往两边推推，又吃。狗暗骂：

"撑死你个罗锅腰。"

周五硬把半篮子饺子吃光。周五老婆收拾好篮子，冷冷淡淡地说句话，走了。

狗心里很不是滋味。

八

周五的老婆名叫吕素兰，人物标致，年龄小周五二十岁。这样一个女人怎么会嫁给又老又丑还是坏分子的周五呢?

七月里,新麦草下来了,有牛草吃了,草甸子漫水了,地里有耕耘的活儿要牛干了,从各个方面来说都不用放牛不能放牛也不必放牛了。狗跟着一群女人干些鸡零狗碎的杂活,周五扶着耘锄使牛耘豆子。七月里,晌午头长,上头有指示不许午睡,要搞大批判。大批判会场选在方三郎家屋后那棵大柳树下。那棵大柳树都快老成了精,树头蓬蓬,遮住好大一片阴凉。树上挂着几个草人,说是最大的和二大的走资派,吊在树上,像吊死鬼一样,晚上月光明里,抬头一看,吓得人头皮炸。批大头批够了,就批眼前,队里五个坏分子,一拉溜站在毒日头下晒着,弯着腰,汗珠子往地上滴。批判者在树荫里,你一顿我一顿批一会儿,静了场。队长胡寿说:

"谁还批?别冷了场,批好批不好是水平问题,批不批是态度问题。"

吕素兰站起来说:

"我发言,批周五。"

老婆批丈夫,大家都吃一惊。

吕素兰走到阳光下,按着周五的头往下按,按完,就站在那儿,用手指点划着周五的光头,说:

"社员们,俺娘家是贫雇农,俺姐夫还是共产党员哩。俺十八岁时,村里人都说俺长得俊,都说这个嫚要是嫁给个庄户孙就屈材料了,嫁给个工人才般配。俺爹娘就让李大脚给俺找个工人。有一天,李大脚拿着一张上了彩色的照片来了,说,找到了,给嫚找了个工人,还挺俊呢。说着就把照片给俺看,俺哪好意思细看?粗粗一打量,看到他眼大,红嘴唇,是不丑,就算行了。跟着李大脚去潍北,越走越荒凉,一片盐碱地。俺说李大姑咱走差了吧?李大脚说不差,就是这。俺问李大姑他是个干什么的?李大脚说是个工人呀。到了那儿一看,都穿着一样的灰衣裳,衣裳上还钉着一块有号码的布。闲话少说,周五来了。李大脚说,嫚,这就是你女婿,我一看,一个丑半老头,当场差点没晕过去。结婚那夜,俺哭成个泪人儿。后来一想,嫁吧,认命吧,孬好是个工人呢。三天后,他说要上班了。俺问他在哪上班,他说在海滩上。俺问他在海滩上什么班?他说上畜牧工作的班。俺老闻着他身上有股羊膻味,问他,他知道俺怀了孕,就说,我天天放羊,身上还能没味?这时我才知道,这儿是个劳改农场,他刑满就业,在海滩上当羊倌。俺当时那个哭,那个恼,恨不能一绳子撸死,为了肚子里的孩子,才活下来。贫下中农们,俺本是贫农女儿,成了坏分子老婆,整个是上了敌人的当……"

周五的老婆呜呜地哭起来,一些老娘儿们跟着哭,跟着叹息。一个精瘦的活猴蹦出来,一脚把周五踢倒,又拎着耳朵提进来,厉声问:周五,吕素兰说的是不是真的?周五连声说:真的真的。众人一看,那活猴正是治保主任,村里的黑煞星,打爹骂娘搂妹妹的方三郎。三郎又是一顿拳,擂翻了周五,然后举起一只胳膊,呼口号:

"打倒反革命分子周五!"

众人都有气无力地跟着喊。

"周五不老实!"

"——周五周五不老实不老实。"

"就叫他灭亡!"

"——就叫他灭……"

三郎说:"今日我要替吕素兰报仇!"说着,对着周五下了狠手,周五立仆。

吕素兰拉住三郎,哭着说:

"好兄弟,别打了,打死他俺孩们就没了爹了……"

三郎色眯眯地看吕素兰,说:

"你还同情他?"

凶狠的三郎又要下手,有人叫:

"方三郎,注意政策!"

喊话的人是革委会主任,三郎的表哥,很有煞威的一个高大男人。三郎搓搓手,悻悻地说:

"狗杂种,改日再跟你算账。"

算账的日终于到了。那天狗出卖了周五,自己挨了一顿臭揍不算,拐带着周五遭了老罪。狗亲眼看到,三郎让周五趴在地上,像只造桥虫,三郎和妹妹抬一块板子,压在周五的罗锅腰上,一边坐一个,颠着腚往下压,说是要给周五治锅腰子。三郎兄妹颠一次腚,周五就哭嚎一声亲娘。眼见着周五就要没了命时,吕素兰扑进来,跪下,搂着三郎的腿,哭着说:

"三兄弟,你要俺怎么着就怎么着……饶他一条命吧……"

九

一转眼小狗长成了大狗,讨不到媳妇,光棍着。

治保主任方三郎早下了台,还因为不知什么事蹲了二年牢房,出来后,光棍着。方小花出了嫁,只剩下三郎和他娘过日子。

没有阶级了,村里人都忙着种自己的地,狗和三郎变成了最穷的人,一路人,天天混在一起。

三郎动不动就打他娘,打得他娘上了吊。

狗也跟着三郎学。

派出所把三郎又一次捉走。三郎不服,说狗打他娘打得比我还凶,为什么单捕我?

派出所说:狗他娘没上吊。

三郎说:我不服,你们吃地瓜专挑软的。

吴所长说:狗也不是好做,拘他几天,教育教育吧。

狗被捉到乡派出所里,挨了几脚几拳头。狗的娘去乡里哭,说不该欺负孤儿寡母。狗的娘哭,引来人看。乡里书记让吴所长快放人。

吴所长教训了狗几句,就放了狗。

狗听说卖血能换钱,就去卖血,换来钱买鱼买肉,自己吃饱了,就给他娘吃,他娘不吃,就打,就硬往嘴里塞。

狗的孝母方式远近闻名。

十

一行人推推搡搡走到集市中央,锣鼓家什停了响。警察把狗推到半米高的、用砖头和水泥砌成的卖菜的摊位上，使狗一下子拔高了，突出了，鹤立了鸡群，骆驼进了羊群。狗看到很多熟悉的面孔仰起来，看着自己，便低了头。一位警察用警棍敲敲狗的小腿，说：

"抬起头来，让乡亲们看看你。"

狗只好抬起头。

县里来的警察中的一个也蹦到卖菜的摊位上，左手举着一个通红的铁皮喇叭，右手抖着一张白纸念。

狗根本听不到警察在嚷什么，他看到警察青紫的嘴唇在喇叭后边笨拙地巴眨着，没有一点声音。狗看到了孙六，孙六穿着没有纽扣的破棉袄，腰里捆着一根草绳——腰里捆道绳，胜过穿三层——孙六的老婆死了。孙六的儿子们都在，聋汉、雀盲眼、疤四……孙六的一群儿子都大了，半老了，都龇着牙，瞪着孙氏后代特有的耗子眼，都把双手交叠插在棉袄袖子里，挤在人堆里，仰着脸，看狗。狗发现他们一脸都是茫然神情，好像不认识自己一样，这令狗感到失望。歪头张全老白毛了，胳膊夹着一捆绿芹菜。队长胡寿早不当队长了，在菜摊对面的牛马市上当经纪人。那里有一条填得半平的沟渠，沟底和沟边都被畜蹄与人脚踩实磨明，显得很洁净。有十几头遍体死毛的黄牛瑟缩在沟底，它们的主人蹲在或者立在沟边，用脚踩住或是用手拉着它们的缰绳。有一个白胡子老头牵着一匹枣红马，从对面的麦地里缓缓走来。一个半大不小的男孩，骑在一匹高大的、瘦骨嶙峋的老公马上，沿着沟外那条狭窄的破旧沥青道路，颠颠地跑过来，狗认出了马上的男孩是麻风病人方宝的儿子，而那匹老公马，更是方圆几十里内曾经大名赫赫的动物。狗从一有记忆力开始，就听说过它。那时它是距狗家六里的国营农场畜牧组的优良种马，从东洋进口的，天天吃的是豆饼麸皮，胖得油光锃亮，宛若用蜡塑成。狗听小老万万分羡慕地说：下一辈子要能托生匹种马就足了，甭拉犁，甭驾车，吃着粗细草料，一天到晚结婚娶媳妇。后来农场解散了，公马折价处理，拴在了麻风病的槽头上。狗记得大公马第一次被套上农具时，咆哮跳跃，不时用小盆一样的大蹄子弹打虚空。好多人都围着看，有人还叹息这匹大洋马的命运。狗心里戚戚的，一转念间，昔日八面威风的大洋马，像具大骨头架子般，笨拙地提落着四只破旧的大蹄子，驮着灰腔瓦脸的麻风儿，一步一探头地，无精打采地跨过小桥，进入牛马市。经纪人胡寿喊一声：好！千里驹到了！

一个炸油条的小贩在理发铺门口生着了火，白烟滚滚。狗看着那团团簇簇急剧上升的浓烟，心里感到痒酥酥的。烟让狗的思绪跳跃，从与周五放牛时点燃的野火到受沈宾唆使点燃烧胡寿的罪火又到方三郎家房子失火时那熊熊的孽火。尽管村里人都怀疑是方三郎这个不孝的畜生纵火烧死了亲娘,但谁也不敢这么说,谁又愿意去说呢?反正他自己烧死自己的娘,该劈该杀,自有上天安排。那时候狗频繁抽血,晚上又跟着方三郎去串老婆门子,面黄肌瘦,腰哈得像个大虾米,有一次三郎醉醺醺地说:

"狗,你真膘,还供养那块老货干什么?"

狗说:

"我要行孝道。陈三爷说只要孝敬老娘,就能招来个媳妇呢!"

三郎道:

"陈三糊弄你哩,听我的话,放把火把老东西火葬了,咱兄弟俩就到黑龙江挖金子去,只要手里有了金子,什么样的姑娘还不是由着咱挑拣?"

狗想到八月十五那一夜,明月冰凉,脚底有冷汗。从三郎家出来,狗看到在一个草垛根上,福子和大鼻子女人尚香搂在一块。狗去看热闹,被尚香砸了一砖头。狗低头回家,看到自己的身影长长地铺在面前的道路上。一股神奇的火焰在他脑海里燃烧起来,烧得他手舞足蹈,难以自已。他在家门口坐了一会儿,然后,悄没声息地摸回家,从灶上摸到一盒火柴。他掀了一下破麻袋缝成的门帘,看到一个赤裸裸的老太婆正四肢平伸躺在炕上,俨然一具僵尸,洋溢出冷凉森人的气息。狗身体忍不住哆嗦,从心底里觉到寒冷,对熊熊烈火的渴望从没有这般强烈。他快速地劳动着,把一捆捆去年的玉米秸子堆在房檐下。搬动柴草时响声很大,半个村都能听到,但没有一个出来制止他。只有一匹黑狗,躲在一堵断墙的后边,伸头探脑,对着狗鸣叫。后来,连黑狗也懒得叫了。

狗坐在门槛上,喘了一会儿气,心里努力要想清楚一件什么事情,但愈想愈糊涂,连眼皮都沉重了。狗生怕自己睡过去,便站起来,划着火柴,触到一支干枯的玉米叶子上。火焰像一条明亮的小蛇,飞快地爬升上去,火焰越来越大,越来越明亮。狗入迷地注视着那千变万化、一刻也不安分的火苗子,感到自己的身体渐渐透了明,从里到外都亮透了,宛若吃足桑叶、拉尽粪便、等待上蔟吐丝的春蚕。

(一九九二年二月于高密)

父亲在民夫连里*

身体高大但骨肉疏松的渤海民工团"钢铁第三连"指导员命令两个青年夫子把父亲捆在一棵大桑树上。这是1948年初冬,黎明前最黑暗的时候。天亮后,父亲看到桑树被饥饿的人们剥成了几乎裸体。两个青年夫子一个叫刘长水,另一个叫田生谷,都是高密东北乡人。父亲看着他们眼熟,但叫不出他们的名字。他们两位对余豆官这个土匪种却很熟悉。父亲虽然比不上爷爷大名赫赫,但也算得上东北乡的传奇人物。听到指导员的命令后,两位夫子脸上在黎明前的晦色里露出了一些朦胧的难色,手下的事儿干得不太迅速。指导员拍着盒子枪

---

* 此篇作品曾以《野种》为题目编入《红高粱家族》的早期版本。——编者注

的木匣,哑着嗓子训斥他们:"磨蹭什么?动老乡观念了?快捆,捆结实!"

指导员说话带着浓重的莱阳、海阳口音,他身体有病,哈着腰,经常咳嗽、吐痰。父亲在晨光中发现了他牙齿的闪光。

两个民夫一左一右紧着绳子,把父亲的身体与桑树捆在一起。他狡猾地鼓足着力气,抵抗着绳索的侵入,为的是松气时绳子松弛些。清冷的空气使绳索僵硬,索上的细刺像针尖一样刺激着他的皮肤,他感觉到自己的皮肤热度很高,头眩晕,鼻子胀得厉害。捆绑完毕,两个夫子退到一边去。指导员不信任地斜了他们一眼,走上前来,检查捆绑的质量。父亲赶忙挺胸鼓腹,让绳与肉紧密咬合。指导员用残手上的两个相依为命的指头往绳与肉之间插,插得父亲肋骨奇痛。插不进去,说明捆得紧,绑得牢,捆绑质量很高。他满意地对两个青年夫子哼了一声。他恨恨地对父亲说:"小王八羔子,看你还怎么跑!"父亲听到指导员说话时肺里有重浊的杂音,还嗅到了他牙龈发炎的味道。父亲心里升腾起蒙骗得逞的愉快,只要一松气,绳子与肉皮之间就有了间隙。

天有些白亮了,离桑树一百米的民夫连宿营地里传来毛驴撕咬的声音，寒气逼人，驴声显得暖烘烘热乎乎，驴声里有驴的胃里泛上来的草料味道。一个黑瘦的人从那边过来。父亲认出了他是连长，看到了他披着的那领日本鬼子军大衣。

"抓回来了？"连长问。

"抓回来了，"指导员说，"这兔崽子，腿下好生利索，要不是我打瘸了他的腿，非跑了不可！"

父亲突然又感觉到腿肚子枪伤的疼痛，不是指导员提起这疼痛不明显，他庆幸子弹未伤着腿骨，暄肉伤，好得快，伤了骨头可就毁了。

连长凑上来漆黑发亮的生铁脸，用两只细细的冷眼盯着父亲看一阵，然后，猛挥起钢硬的巴掌，扇了父亲的鼻子。"混蛋！"连长说，"非毙了你个狗杂种不可！临阵逃脱，还是什么土匪种呢！"父亲鼻子一阵酸麻，刚想呜呼叫喊，就感到四股热乎乎的液体在脸上流，两道泪水，两道鼻血。他无法擦拭脸膛，心里憋闷，便吓吓地咂着嘴里的咸滋味，骂道："你妈的连长！共产党还打人？"

连长又挥掌在父亲的鼻梁上加了一下工，回骂道："共产党不打好人！"

父亲知道斗嘴不是好法子，除了落得皮肉受苦外，什么好处也捞不到,于是便闭了嘴巴,低下了头。

连长劝指导员回营地休息一会儿,并命令两位青年夫子严格看守父亲。刘、田二位各肩着一杆解放军正规部队淘汰下来的老汉阳步枪,喏喏地答复着连长的命令。连长和指导员一高一低向宿营地走去,指导员咳得很厉害,他是正规军的一等功臣,因病转到地方。刘与田披着破棉袄,黑色牛皮腰带上插着一颗木柄手榴弹。太阳在东边烧起一团火,照着荒凉颓败的村庄里的断壁残垣、朽木枯株和干萎的蒿草,草茎上结着白霜。刘、田二位眉上有霜,他们的黑脸膛遭到太阳光照,黑红黑红,犹如怪异的葵花。一股乳白色的热气从他们的嘴巴里喷出来,已经是农历的九月底,秋天结束了,父亲心里一片凄凉。刘长水打了一个哈欠,身体有些晃荡。他对父亲说:"余豆官,都说你是个生死不惧的好汉,跑什么?民夫连死人的机会不多呀!"

父亲白了他一眼,没说话,他的心里很不愉快,被人曲解为怕死鬼,是莫大的耻辱,但他没有辩解。

田生谷说:"你这小子,害得我们一夜没得安生。你跑什么?不知道队伍等着吃粮?待会儿怕要枪毙你了,有什么要往家里捎的话,跟我们说说吧,孬好是乡亲。"

父亲说:"你给我把脸上的血擦擦,别让我这样鼻眼不清地挨枪崩。"

田生谷跟刘长水交换了眼神,疑虑重重地说:"余豆官,你不会趁着我给你擦鼻血的时机咬掉我的手指头吧?"

父亲忍不住笑起来,他自然不知道脸上的笑容怪模怪样,令两个年轻夫子胆寒。他们互相推托着,谁也不敢冒风险。父亲愤怒地说:"别他娘的推托了,不用你们擦了!"

田生谷怔怔,似乎有些不好意思,支支吾吾地说:"豆官,不是我不给你擦,是你太厉害,村里人都说你在日本用牙咬死了一头狗熊,看看你,一口那么结实的钢牙。"

父亲说:"别啰唆了,我不用你擦了。"

田生谷从破棉袄的洞眼掏出了一团肮脏的棉花,小心翼翼地靠近父亲,马马虎虎地揩了他脸上的血,又掏出一小团棉花,撕成二份,搓成两个小球,堵住了他两个流血的鼻孔。

这一堵使父亲本来就发胀的鼻腔更胀得厉害,他嘟嘟哝哝地说:"你想憋死我吗?快把棉花拿掉!"

田生谷说:"老余,我好心被你当成驴肝肺,堵着怕你流血哩。"

父亲说："我血多，流不光，你快点弄掉吧，憋得我脑袋瓜子都发晕了。"

田生谷把棉花球儿从父亲的鼻孔里掏出来，厌恶地扔在地上。地上已经十分明亮，一粒黄铜弹壳儿闪烁着柔和的光辉。刘长水打了一个喷嚏，然后用明晃晃的袄袖子擦了擦嘴巴，说："老余，你还记得与你一起在大洼里打狗的德治吗？他是我小叔叔。"

父亲打起精神，观察着刘长水瘦巴巴的脸，努力从沉沦的记忆里寻找着少年时英雄伙伴的面孔。他的脑子里浮现出那个初冬阴霾的天空，天空下翻滚的潮湿烟云，烟云笼罩着的高粱地，墨水河低沉的呜咽，尖厉的东风，疯狗的咆哮与喘息，手榴弹的清脆爆炸声，一一在他的耳畔轰鸣。腐臭尸首的味道、乌鸦粪便的味道、硝烟火药的味道、"二百二"药水的味道，伴随着声音和图像，通通涌上他的心头。在这纷杂的诸多感觉中，终于缓缓地涌出了那个黄脸皮、黄眼珠的瘦长少年的形象。他是为掩护父亲和母亲冲入狗阵拉响了两颗手榴弹与一群疯狗同归于尽的。那猛烈的爆炸声和淡薄的硝烟以及缓缓飞起的人与狗的破碎尸首合成一股力量，猛烈一击，使父亲心脏紧缩，随即下体一阵难以名状的剧烈痛楚,那只残存的、非常发达的"雀蛋儿"紧紧地缩上来。以后的岁月里,每当他思念倩儿——我的母亲时,就要爆发这种痛楚。

父亲感激地望着民夫刘长水的脸,呢呢喃喃地说:"德治是你的小叔叔?你那会儿躲到什么地方去了?"

刘长水低沉的回答淹没在嘈杂的人声里。一百米外的宿营地在红太阳下乱糟糟地动起来,数百名民夫从车子底下、从用破油布搭起的遮霜棚下钻出来。连长挺着胸脯,亮着眼睛,吹一只铁皮哨子,尖厉的哨音从数百个身体发出的交响里高高地拔出来,像海鸥在海浪上鸣叫。几十头毛驴也莫名其妙地亢奋起来,它们婉转多曲折的叫声把哨音彻底淹没了。

父亲充当民夫一个多月,第一次脱离了连队,成为一名狼狈的旁观者。他看着繁忙的人们,心里浮起一种酸溜溜的感情。民夫们有的整理车辆,有的去街边的水井打水。父亲看到刚出井的水冒着稀薄的热气,口渴的驴对着水桶喷响鼻。后来炊烟升起了,连长吹哨子集合起二百名民夫,让他们排着队,走到父亲面前来。刘长水小声对父亲说:"伙计,你的死期到了。"

父亲亲切地注视着迎着朝阳走过来的民夫连,丝毫也没感觉到恐惧。他坚信死神降临之前,总会有些特殊的感觉，但现在什么感觉也没有，一切正常。他用挑剔的目光看着逼近的队伍，嘲笑着他们凌乱不齐的步伐和庄稼人的各式怪模怪样的步态。尽管受过正规训练的指导员哑着嗓子喊口号，但民夫们的脚照样各迈各的，不踏在点上。队伍行进到离大桑树五步远时，指导员喊了"立定"的口令，队伍却立不定，好像惯性难收，一群熟悉的面孔凑上来。父亲不愿意看他们，便放远了目光。宿营地那儿还留下几个人，有持枪站岗的，有埋锅造饭的，有打水饮驴的，荒草几乎淹没了街道，村子里的人好像死光了。

指导员大声说："同志们，我们民夫连虽然不是正规部队，但也和正规部队差不多，现在淮海战役已经打响了，前线部队需要粮食，我们大家都努力前进，争取立功。但是，十个指头不齐，一粒耗子屎坏一锅粥，余豆官昨夜开小差，妄图逃跑，被我们抓回来了！我们是受过军区首长表扬的支前模范连，是渤海民工团的光荣，在我们的连队里，能容忍这样的怕死鬼软骨头吗？"

指导员等待着民夫们的怒吼，民夫们却紧紧地闭着嘴，没有一个人吭气。他继续进行宣传鼓动，想煽起人们对贪生怕死者的愤怒，便不惜将各种侮辱性的名词扣到父亲的头上。

民夫们依然不吭气。

连长沉不住气了,高叫道:"你们说,像这样的逃兵该不该枪毙?"

民夫们低垂着头,谁也不吱声。

父亲被指导员骂得十分窝火,便昂起头,大声说:"他妈的痨病鬼子,别嗷嗷了,要砍就砍,要毙就毙,余豆官要是装了孬熊,草鸡了,就不是余占鳌的儿子!"

连长说:"好小子,倒嘴硬起来了,既然连死都不怕,为何临阵当逃兵。"

父亲说:"我没有当逃兵。"

指导员说:"没当逃兵窜出了十几里,不是追得快,你这会儿到临沂了。"

父亲说:"我有夜游症。"

连长笑起来,说:"小子,倒挺会找借口。夜游的方向还挺准确,你怎么不往南游呢?"

父亲说:"你们放了我,今天夜里我就往南游。"

指导员说:"没那么容易。"

父亲叹了一口气说:"随你们便吧,反正我不怕死。"

指导员从队伍中把父亲的搭档王生金拽出来,让他作证。王生金是个结结实实的中年人,与父亲共同负责一匹黑叫驴、一辆载着六百斤小米的木轮车。指导员问:"王生金,你来证明,余豆官有没有夜游症?"

王生金低着头,父亲看不到他的脸,单看到他那两只通红的大耳朵和他头顶上乱蓬蓬的花白头发。

指导员推了王生金一把,说:"说话呀,你聋了还是哑了?"

王生金的身体晃了一下,那只头垂得更低,两片耳朵更红。

连长骂道:"混蛋,你不说话连你也毙了!"连长的脚伴随着骂声踢到王生金的屁股上,王的身体往前一扑,趴在了地上。连长揪着他的袄领子把他拎起来,他仍然把下巴紧紧地抵在胸脯上。连长用屈起的膝盖顶了一下他的尾骨,他的肚腹往前一耸,一串小孩子般的尖细哭声从这个四四方方的大汉子喉咙里断断续续挤出来。

指导员生气地说:"你还有脸哭,没打你没骂你,哭什么?"

父亲说:"行了,痨病鬼子,别糟蹋老实人啦,要毙就毙了我吧,别让乡亲们站在这儿遭罪。"

"你倒仗义起来了,"指导员咳嗽着说,"我们不能枪毙一个有夜游症的民夫,也不能不枪毙一个谎称夜游实想逃跑的坏蛋!"

不知不觉中天色更加明亮了,村子里棵棵没皮的树在各自的位置上可怜巴巴地闪着白光。野灶里火色金黄,一个民夫正把一口袋暗红的高粱米倒进沸水翻滚的铁锅里,一定是溅起的沸水烫了他的脸,父亲远距离地看到他脸上的怪模样,忍不住笑了。一群瓦蓝羽毛的乌鸦大着胆子在宿营地上乱杂飞一阵,一窝蜂抢下,落在运载军粮的车上,坚硬的嘴啄击米袋,担任护卫的民夫轰赶不迭,乌鸦聒噪成一片云。父亲说:"快去打乌鸦呀,你们手中的枪是干什么吃的?"

连长和指导员向前跑几步,掏出匣枪,呼喊着:"闪开闪开,别误伤了你们!"

守护粮草的民夫听到喊叫,慌忙避到一边卧倒在地。连长和指导员又往前冲了几步,便跪在地上开了火。清脆的枪声使父亲精神抖擞,血液循环加快。他看到亮晶晶的弹壳翻着筋斗在空中飞行。乌鸦们惊飞起来,有一只似乎受了伤,在地上打扑棱。群鸦哇哇怪叫。一头黑驴跌倒了。有人喊:"坏了,死驴了!"队伍一哄而散,跑向宿营地,想看看是谁的驴遭了枪子儿，连奉命看守父亲的刘长水、田生谷也忘了使命，提着大枪跟着人群跑走。趁着这机会，父亲用力收束身体，挣脱一只胳膊，然后挣脱出整个身体。他自由地站在树下，看着可怜的桑树，肚里涌起饿的浪潮。腿上的伤口结了个血疙瘩，一动又开了裂，渗出血。他挽起裤腿，抓了一把浮土，按在伤口上。宿营地里传来王生金那特有的婴孩哭声，父亲猜到，是他与老王共同管理使用的那匹黑叫驴被打死了。他仿佛闻到了驴肉的香味，便大摇大摆地走过去。

父亲分拨着民夫的肩膀，喊叫着："闪开，闪开，让我看看，让我看看。"

他的双手铁钳般有力，遭捏的肩膀都赶紧缩到一边去。他看到黑叫驴头颅上中了一弹，虽然四蹄还在打鼓点，但头上已流了半斗血，注定是不中用了。王生金手摸着驴肚皮哭叫："我的驴——我的驴——"

父亲弯腰抓着王生金的肩膀，把他扶起并安慰道："老王，别哭了，死了好，死了吃驴肉，你忘了人说'天上的龙肉，地上的驴肉'吗！"

王生金抓了父亲一把，骂道："都是你出的坏主意，让连长指导员开枪打乌鸦，乌鸦没打死，倒把俺的黑驴打死了！"

连长和指导员突然醒过来似的,用枪指住了父亲,两个人一齐喊:"不许动,动一下就毙了你!"

父亲说:"你们毙了我干什么,怨你们枪法不好,怨我吗?"他尖锐地批评连长和指导员的射击技术,好像一位班长批评两个战士。他说指导员右手有残,用左手射击,打不准情有可原,可你连长双手不缺一个指头,竟然指鸦打驴。怎么回事?你们笑什么?原来连长左手有一个骈指。十一根手指打枪不准,还好意思骂我,看我给你表演一下。他说着话就把连长手里的枪拿过来,动作随便自然,没有半点矫揉造作。连长没有丝毫不愿意的表示,众人也没感到有什么别扭的地方。父亲拉开连长的枪膛,对着阳光看了看,又摸了摸枪口,不屑一顾地说:"老掉牙的货,扔到街上也没人捡。当年我爹那支德国镜面儿,那是啥成色,一勾机嘎嘎地叫,小公鸡一个样儿,那才叫枪!"他说着,又把指导员的枪一把夺过来。指导员怪叫一声,一阵剧烈的咳嗽使他弯下腰。指导员吐出一口血,焦黄着脸挺直腰板,愤怒地看着父亲。父亲一手提一支盒子炮,吃狗肉长大的身体挺拔修长,犹如一棵黑松树。他疤痕累累、结结实实的脸上挂着小流氓一样的傲慢笑容。指导员咬牙切齿地说:"狗杂种,把枪还给我!"

"还给你？"父亲狡猾地笑着说，"还给你干什么，让你枪毙我？"

连长仿佛从梦中醒来，黑脸吓得煞白，双手上的指头打哆嗦，左手大拇指后那根红红的小骈指抖得尤其厉害。

父亲抬臂开了两枪，左手一枪，右手一枪，空中有一只乌鸦中弹落了地。他说："连长，你这支破枪的确不拿准了。"他拿枪的姿势老练极了，谁要想空手夺枪，大概只有吃枪子的分儿。连长可怜巴巴地说："余豆官，我们不枪毙你了，把枪还给我们吧！"

父亲说："我才不上你的当呢，前边我给你枪，后边你就把我给毙了。"

连长说："决不，我对天发誓。"

"你甭发誓，发誓我也不信。"父亲说。

指导员严厉地说："余豆官，你太猖狂了！"

父亲说："指导员，你有病，别气坏了。"

指导员又咳出一嘴血。

连长说："豆官，我们谈判一下，你把枪还给我们，我们放你回家。"

父亲说："不不不，我还想把这车军粮给解放军送去呢。马上就到徐州了，我十里路走了九里半，跑回去落个临阵逃脱多不光彩?"

连长说:"你有这样的想法实在是再好也不过了,可枪要还我们,否则情况来了怎么办?"

父亲说:"枪我替你们背着,没有情况要枪也没用,有了情况你们有枪也不会用,还是我背着保险。"

连长还要说,被父亲喝住了:"连长,你再啰唆我可要背着枪走了。"

连长望了一眼指导员,无可奈何地说:"那就依你吧,不过男子汉说话要给话做主,你要完成任务。"

父亲说:"放心吧连长,我说不跑就不跑。"

王生金还跪在地上摸弄着驴肚子淌眼泪,连长不耐烦地说:"别哭了,不就是一头驴吗?"

王生金泪眼婆娑地说:"连长哇,俺家里拉犁推磨可全仗着这头驴啊!"

连长说:"知道知道,我也不是故意打死它,还不是为了护军粮?要是国民党打回来,你们的地都要还给财主,有驴也没用是不?这么大的人民战争,谁家也得牺牲点子利益是不?"

王生金不流泪了,但依然哭丧着脸。父亲把两支盒子炮插在腰里,对连长说:"伙计,我看你这个连长不称职,干脆我替你当了。指导员病得厉害,也别管事了。"

连长说:"不行不行,我们是县委任命的干部,怎能随便让给你!"

指导员气得再一次口吐鲜血,他举着一只胳膊说:"你……太放肆了……"话没说完,就晕了过去。

父亲拍拍腰间的枪,大声说:"弟兄们,现在我就是连长兼指导员啦,没本事的给有本事的腾地方,从古到今都一样。眼看着就要过年了,天一天冷似一天,弟兄们听我指挥,快马加鞭往前赶,完成了任务回家过年,你们拥护不拥护?"

民夫们看看晕倒在地的指导员和气急败坏的连长,个个脸上都是六神无主的表情。

父亲说:"别怕他们。他们腰上不挎盒子炮,连个民夫也不如,我可是双盒子!"

刘长水和田生谷等十几个持枪的骨干分子简单交谈了几句,定下了主意,刘说:"豆官,说一千道一万,能早一天把军粮送上前线就是好汉,就是共产党的好民兵,我们暂时拥护你吧。"

民夫们见带枪骨干表了态,便纷纷说:"我们也拥护你,早完成任务早回家。"

父亲高兴地跳起来,他发布命令一连串:把被乌鸦啄破的米口袋补好，不许漏掉一粒米；把王生金车上的米袋卸下，匀到其他的车上；把那匹死驴开膛破肚剥皮剔骨分肉，立即下锅，搜集干柴点起烈火煮肉；每个人检查自己的车辆和毛驴挽具，该上油上油，该修理修理。谁敢违抗命令，轻罚割掉一只耳朵，重罚割掉两只耳朵。父亲指着连长和指导员对众人说："我不像这两个家伙那样混蛋，动不动就要枪毙人，本官开明，废除死刑！"

民夫们积极执行父亲的命令，营地热闹非凡，所有的人都在忙碌，唯有三个人不动，他们是：王生金、连长、指导员。父亲说："王生金，你的车子空出来后，推着指导员，他不能走路了。"王生金因为死了亲爱的驴心里不痛快，气呼呼地说："我不推！"父亲说："不推割耳朵！"王生金说："好吧，我推，可我的驴怎么办？"父亲说："老王，放心吧，我保证帮你弄匹骡子。"王生金倔着说："我不要骡子，我就要驴。"父亲说："多一根指头，甭嗤哼鼻子，王生金推车，你拉车，当驴吧。"连长说："我不干！"父亲说："你再敢说个不干？"连长说："我不干不干就是不干！"父亲从王生金腰里拔了刀子，试试刃口，嫌不快，招呼来一个持枪民兵，借了他枪上的刺刀，放到鞋底上蹭了蹭，笑着，逼近连长，问："干不干？"连长说："不干！"父亲飞起脚，把他踢翻在地，连长不及爬起来手脖子已被踩住，父亲迅速一刀，就把他手上那只颤颤悠悠的小骈指旋掉了。连长哀号了一声。父亲抓起一把土，按在连长手上，然后退到一边，看着连长爬起来。连长爬得很慢，他号啕大哭着，不知是悲是怒。那根怪模怪样的骈指在枯草上哆嗦。民夫们围上来观看，父亲高喊："弟兄们，我给他动外科手术了，我是天下第一的外科医生！"

父亲的自吹自擂引起一片笑声。父亲说连长："你还哭，哭什么？你该谢谢我，没有了这个鬼指头，能找个俊媳妇，多一个指头，谁跟你？嗯，谁跟你？"

连长捂着手跳起来，骂道："豆官，我操你的娘，你这个土匪野杂种！"

父亲提着刺刀，笑嘻嘻地问："拉车不拉车？"

连长说："拉！拉！虎落平川遭狗咬！"

父亲一点也不生气，把刺刀在衣服上擦擦，还给那民夫。

驴肉的香味渐渐弥漫出来，枯草上的白霜开始融化，太阳一竿子高了。

……

自从父亲靠流氓手段篡夺了民夫连的领导权之后，严肃而呆板的连队变得生龙活虎、调皮捣蛋，这变化类似一个死气沉沉的中年人变化成一个邪恶而有趣的男孩子。父亲从九十九匹毛驴中选择了一匹蛋黄色的小母驴作为自己的坐骑，又把刘长水和田生谷抽调出来作为自己的专职随从，号称"驴前田生谷、驴后水长刘"，跟岳飞的"马前张保、马后王横"一样。田与刘原先负责的那辆木轮车上的六百斤小米匀到别的车辆上，木轮车扔到路边了事。每当车队行进时，父亲就骑着毛驴，带着刘、田，一刻也不停息地从队伍前头跑到队伍后头，又从队伍后头跑到队伍前头，他们一边跑一边咋呼嚷叫着时而荒谬绝伦时而又严肃认真得要命的顺口溜，鼓动着夫子们的情绪。几天下来，刘与田嗓音嘶哑，脚上起泡，说这随从的活儿比推木轮车还要累，想辞职不干。父亲说：不干割耳朵！刘、田摸摸耳朵，到底舍不得，只好继续驴前驴后跟着跑，跟着嚷叫。其实，最倒霉的不是刘、田，而是父亲胯下那匹小母驴。

如前所述，那匹小驴子是蛋黄颜色，这种颜色高贵温暖，是堂皇的帝王之色，打死染匠也染不出来。世上毛驴千千万万，但具有如此纯正蛋黄色的，天下唯此一匹。怪不得父亲放着那么多身材高大、腿蹄矫健的大公驴不骑，单骑这匹小母驴。她除了色泽高贵外，还具有性格温顺、善解人意、脉脉含情、忍辱负重等宝贵品质。她生着两只铜铃大眼、两只柔软的大耳朵、一根粉红湿润的鼻梁，还有两片柔软多情的嘴唇，四只小蹄子端正秀丽，没有一点好挑剔了。这匹驴毫无疑问是驴群之花。她经常用水灵灵的大眼盯着父亲看，父亲头朝下立在她的眼睛里。她伸出舌头舔着父亲的手，好像随时都要开口说话的样子。父亲不是傻瓜，自然非常深刻地感觉到了小毛驴对自己的深厚感情。他陷入一种矛盾心境：既盼望着骑她，又担心自己长大沉重的身体压折了她的脊梁骨。这矛盾一直延续到横渡冰河那天才结束。

在父亲英明又混账的领导下，民夫连的士气调皮地高涨着，运粮车队的前进速度日益加快，由原来的日行三十里四十里，进步到五十里六十里七十里，阴历十月二十六日这一天终于达到了八十里。前线日益逼近，火药的味道越来越浓，道路也愈来愈不成道路，有时不得不在收割后的泥泞稻田里挣扎前进，人和驴通通遍体臭汗，气喘吁吁。傍晚在一条河边宿营时，有一个老太婆前来讨饭吃，父亲问她说离贾家屯还有多少里，她说离贾家屯还有九十里路。贾家屯是距前线最近的华东野战大军粮草储运站，也是民夫连此次艰难行程的目的地。

父亲蹦了一尺高,翻了一个筋斗,站定,用他永不嘶哑的钢嗓子吼叫:"弟兄们,听着,离贾家屯还有九十里,明天晚上,我们就赶到了!"

刘长水和田生谷也扯着破嗓子吼叫。父亲的小母驴积极响应号召,高声鸣叫,是花腔女高音;四蹄弹动,是非洲踢踏舞。卸了套的毛驴们齐声叫,民夫们齐声喊,沉沉暮色里,河边一片欢腾。

……

这一夜父亲难以入睡,他躺在一堆稻草上,仰望着漆黑天幕上的耀眼星辰,编织着明天的鼓动词儿,最后的一天是最艰难最光荣的一天,决不能马马虎虎,鼓动词儿要精彩、通俗、有嚼头,要解饥、解渴、忘疲乏,编一套不容易。编着编着他眼皮黏涩,开始犯困,挥挥手,心里想去他妈的明天再编,他相信自己是能够即兴创作的天才。南方传来沉闷的爆炸声,地平线上闪烁着翠绿色的镁光,一声声滚成团,一簇簇连成片,随即是暴雨般的枪声和隐隐约约似有似无的吼叫声。他翻身爬起,血液升温,心跳加剧,两排牙齿下意识地摩擦着。南边正在激战,令他兴奋。父亲对大规模的战争有着强烈的兴趣也有着淡淡的恐惧,他虽然从小就跟着爷爷玩枪杀人,基本上不畏生死,但对于这种集团大战不太适应。父亲成为一名出类拔萃的战士,在淮海战场上、在渡江战役中、在朝鲜战场上建立功勋,那是后事。名震四海的粟司令夸奖他是"天生的战士"也是后事。他的成功得力于他的素质。现在,他从稻草堆上爬起来,站在河边遥望战场。父亲后悔自己恋家从队伍里逃出来,误了这场大热闹。半边天都被打红了呀,不合时宜的南风把战场的扑鼻香气吹过来,父亲紧张不安地抽搐着鼻孔。他感到有一股热烘烘的气喷到了自己冰凉的手上。蛋黄色小母驴千言万语地舔舐着父亲的手掌,她的眼睛被火与星照耀,在河边的黑暗中,闪烁着奇光异彩,宛若最杰出的宝石。父亲转过身来,用另一只手摸着她的耳朵,拍打着她的额头,亲切地对她说:"小黄花鱼儿,你吃饱了没?这软绵绵的稻草不对胃口?将就着点儿!赶明儿见了解放军跟他们要谷草吃。"小母驴摇着尾巴,放了一个很响很长的屁。

父亲与毛驴说话的时候,民夫们大半站起来,看南边的光景。河里的凉气侵上来,父亲感到股间紧张,那个独蛋儿上缩疼痛不太严重。火光断断续续地映亮河面,河水湍急,呈现灰白的光芒。听说东边有座木桥,但愿它没被炸掉。父亲很忧虑。他听到田生谷在旁边压低嗓门说:"大哥,咱去送粮食还是去送死?"

父亲说:"粮也送,死也送。"

田生谷说:"大哥,天地广大,咱跑了吧。"

父亲拧住他的耳朵,低声说:"胡说。"

田生谷说:"松手吧,大哥,我跟着你就是。"

父亲突然跨上小毛驴,在民夫们中间串来串去,他说:"弟兄们,睡觉吧。"

民夫们说:"俺睡不着。"

父亲说:"睡不着就别睡了,都起来,赶路。"

一个民夫道:"黑灯瞎火,人困驴乏,怎么赶路?"

父亲骂道:"那就睡觉,谁不睡就枪毙。"

民夫们纷纷躺倒,独有两个人不躺,一个是连长,一个是指导员。二人被父亲一顿象征性的拳脚打倒。这两个人被剥夺了领导权后,基本上没捣过乱。指导员虽然坐在专车上,但病势日益沉重,天天咳血,脸像金纸一样。连长拉车还算卖力,充分表现了共产党员能上能下、不计较个人得失的风度。被打倒后,指导员一声没吭,连长低声咒骂。父亲说:"十一指子,别嘟哝,等把粮食运到,我就把你的破枪还你,连你的破官。"连长说:"你最好现在就把连长和枪还给我。"父亲说:"没门,你能领着车队一天赶九十里路?"连长说:"我能!"父亲说:"吹牛,别嘟哝,再嘟哝我骟了你的蛋子!"

连长怕骟蛋子,不再吭气。父亲骑上毛驴,一手提一只盒子炮,沿着宿营地来回走,驴蹄弹打冻地,发出"嘚嘚"脆响,节奏分明,成为父亲所唱催眠曲的节拍。父亲——他的嗓音高亢油滑是泥鳅与鳝鱼交配产生的音乐形象——

> 解放军在前边打大仗
> 等着吃咱车上的粮
> 睡觉是为了送军粮
> 谁不睡觉操他娘
> 榴弹大炮隆隆响
> 天明咱去送军粮
> 睡不醒觉走不动
> 谁不睡觉操他娘
> 老余俺口才天生强
> 驴尾诌到马腚上
> 一千里咱走了九百九
> 谁敢装熊操他娘
> ……

民夫们在父亲的动人心魄的歌声里,忍受着地上的潮气,忍受着饥饿寒冷和对明天的恐惧,哆哆嗦嗦进入梦乡。宿营地里,一辆辆木轮车下,响起了痉挛的鼾声和甜蜜的呓语。

小母驴羞涩地趴在了地上,她为心上人的粗鲁野蛮甚至直指她的羞处不顾她的脸面而羞涩,并且伴有委屈、悲伤、愠恼等感情。

父亲跌下驴来,立刻睡意蒙眬,他本能地蜷曲着身体,紧贴着驴肚子,像一个胡闹了一天的野孩子依偎着母亲的胸膛沉沉睡去。

……

天蒙蒙亮时,父亲感觉到有人在自己腰间摸摸索索做文章,打一个滚爬起来,急摸腰间,空荡荡没有一物,才要转身,两支冰凉的枪口顶在了腰上,他听到连长在背后冷笑,父亲说:"兔崽子,你舍得打死我吗?"

连长把枪口使劲往父亲腰里戳了戳,咬牙切齿地说:"我太舍得了!"

父亲高声说:"连长,你打死我可没人给你唱歌啦!"

连长说:"你他妈的唱的那是歌?我们的娘都被你操遍了!"

父亲说:"我不操你娘你每天能跑八十里?为了革命,什么舍不得,何况又不是真去操!"

连长说:"闭嘴!"

民夫们聚拢起来,父亲感觉到死期离自己还遥远得很呢,嘴里越发没了遮拦,并且一边说着一边把身体转过来,与连长成了面对面。连长慌忙后退了一步,持枪的手也缩到腰间。父亲看到连长其实在打哆嗦,十月底的凌晨尽管冷气侵骨,但连长的哆嗦与寒冷无关。

父亲说:"连长,你这个伙计不够伙计,我要毙你早就把你毙了是不是?不看在别的分儿上,你也得想想我给你割去那个丑指头,要不你连个老婆也讨不上。"

连长怒冲冲地说:"闭嘴,我开枪了。"

父亲说:"指导员,你这个痨病鬼替我求个情吧。"

指导员躺在稻草上,像根木头。

民夫们说话了,他们不同意连长开枪。小母驴蹿上来,羞羞答答地咬父亲的衣角儿。

父亲摸着驴头,悲凄凄地说:"驴啊驴啊,只有你真心对我好。"

两杆长枪指住了连长,是刘长水和田生谷。刘、田说:"把枪还给余大哥!"

连长无奈,垂下了手臂。父亲跑上去一步,把双枪夺过来，插在了腰里。

父亲说："把他按倒，剥下他的裤子来，骟了他的蛋子。"

刘、田按倒连长，连长死死护着裤腰带，骂道："余豆官，你这个土匪种，枪毙了我吧。"

父亲说："不枪毙不枪毙，骟蛋子骟蛋子！"

指导员咳着坐起来，咳着说："余豆官……别胡闹……整理队伍……过河送粮……"

父亲说："痨病鬼说得有理，听痨病鬼的，军粮送到再骟，弟兄们，快埋锅造饭，吃了饭找桥过河，今日死活也要赶到贾家屯！"

司务长对父亲说："只剩下一袋子高粱米啦，怎么办？"

父亲说："你问我我问谁去？"

司务长是个挺好的中年人，他的故事顾不上讲了。他说："我想，今日要赶很多路，又靠近了战场，吃不饱不行，是不是吃几袋军粮？"

父亲说："不行不行，胡闹胡闹！"

司务长说："问题不大吧，到时跟粮站的人说说清楚。"

父亲说："说不清楚说不清楚，少了几袋子军粮怎么能说清楚？一粒军粮也不能动，吃屎也不能吃军粮，谁吃军粮操他娘！"

司务长说："吃不饱怎么行？"

父亲说："谁饿谁来吃我的吧！"

司务长哭笑不得。

父亲说："多加水多加水，熬汤喝。"

司务长说："喝汤不顶事。"

父亲说："过了河我给小伙儿打几条狗吃。"

指导员拄着棍站起来，他说："余豆官同志是对的，同志们，咬牙坚持吧，吃军粮是耻辱的行为。"

父亲说："你看你看，痨病鬼支持我啦。"父亲把一支盒子递给指导员，说，"我把指导员还给你吧，你这个人不错。"

指导员接过枪，插进木套，说："该怎么干就怎么干，我不妨碍你。"

父亲高兴地拍了指导员一巴掌，没想到下手太重，竟把他拍了个嘴啃冻泥。

……

面对着七零八落的断桥，父亲气得眼睛放绿光。太阳升起一竿子高了，冰冷的河里虽然流光溢彩，但没有一丝一毫暖意，河边浅水处结着狗牙般的冰凌，看着都让人寒冷。民夫们都是阴历八月离开老家,穿着单裤夹袄,个别的带一件破棉袄。潮湿的冷风一吹,河里的冰水一激,不但身上冷,心里也凉冰冰。所有的民夫都在河边立着颤抖,双手有抄在袖管里的,有插在腰间的,耳朵冻红犹如鸡冠子,鼻尖上挂着鼻涕水。父亲扫了眼他的民夫,心里生出很多凄凉情绪。不唯人抖,毛驴也抖,父亲的小毛驴尾巴夹在双腿中间,紧咬着牙不哭出声音,眼睛里盈满泪水。父亲伸了巴掌擦掉她眼里的泪水,安慰了她两句,她依然流泪,激得父亲烦恼,便粗鲁大骂,哭你娘个屄蛋,动摇军心,我宰了你!小母驴不哭了,肚子上的血管一鼓一鼓的,好像悲恸深厚黏滞难以下咽,但父亲认为她不识大体不顾大局乘机添乱,恼怒挥一拳,瓷瓷实实正中驴头。小母驴应声倒地,躺在地上打滚撒泼,做出无数肉麻姿态。父亲不理她,她又无趣地爬起来。

指导员拄着棍子移过来,站在父亲面前,宛若一架活骷髅。他说:"豆官,不要着急,想想办法,世上没有过不去的河。"

父亲有些草鸡,软软地说:"你有什么好法子?"

指导员说:"过河走桥,没桥乘船,没船涉水。"

父亲看看那桥,桥面不知何处去了,只有十几根焦黑的桥桩兀立在水中央。

指导员说："桥毁了，修来不及，没有船，只能涉水过河啦。"

父亲说："这么冷的天过河，连鸡巴头子都要冻下来的。"

父亲说："河水有多深？"

指导员说："下去探一探。"

父亲说："谁敢下去探？"

民夫们望着凝滞的冰河，个个面生畏难之色。不但没人报名探河，还有几个民夫提议把粮食卸在河边打回头，反正解放军千军万马不在乎这六万斤小米子。

指导员愤怒地驳斥了这些反动言论，然后，剥掉棉军袄，褪掉单裤、布鞋，佝偻着腰站在父亲面前，瘦骨铮铮，好像一具铁铸的鱼刺。他嘴唇乌紫，牙缝里渗着血，眼珠子灰溜溜的，像两粒冰冷的玻璃球儿。他说："余代连长，你照顾连队，我下去探河。"

父亲心里一阵滚烫，大声吼叫："指导员，胡闹什么，你下河去见阎王爷？要探河道也轮不到你，快穿上衣裳吧。要探我去探，谁让我抢了个连长呢？余代连长？伙计你是共产党无疑，你封我代连长，就等于共产党封我代连长是不是？"

父亲一边说着一边脱衣服,一边脱衣服一边咋咋呼呼地叫冷。父亲的健壮肉体和骨头架子和指导员形成鲜明对照。指导员看看父亲身上的肌肉,也许羡慕也许嫉妒,转着腔说:"共产党员吃苦在先,生死不怕!"说完,就转身往河里跑。他的奔跑姿势古怪稀奇,活似木偶运动,动作大步伐小,满身都是荒谬表情。父亲看着指导员的背影,突然感到一阵鼻酸眼辣。他几个大步跨出,扑到河边,把半截身子入了冰水的指导员拦腰抱住,像托一个稻草人,轻松地把他托上岸。

父亲骂道:"妈拉个巴子你好性急,死在河里鱼都不吃你。"

父亲把指导员放在地上,吩咐民夫们快给他穿衣服。指导员嘴唇硬了,说话呜呜噜噜,听不清楚。原任连长把军大衣脱下来盖在指导员身上。父亲夸奖道:"十一指子,还行。"

父亲脱得一丝不挂,在河边弯腰踢腿活动筋骨,小母驴忧愁地看着他。他说:"别看我别看我,你这个小娘们。"

民夫队里有笑声,也有研究父亲那件遭过狗咬的传家宝贝的目光。

他撒了一些尿抹在肚脐眼上。

他拿着指导员那根棍子往河里走,脚踩得冰凌破碎,发出啪啪声响。

一踏进河水,父亲不由得打了一个凶猛的哆嗦,一股寒气从脚底猛烈上升,似乎不是凉,而是两股电、两百根针,沿着腿骨、骨髓往上爬行,速度极快,嗡一声到达脑袋,眼前噼啪放了一阵绿光。父亲叫了一声娘,怪腔怪调,惹得岸上人笑。他继续往前走,身上爆起鸡皮疙瘩,皮肤绷紧,头发梢儿挓挲,似乎噼噼啪啪微响,脚起初还能感觉到水底卵石,几步后就什么也感觉不到了。父亲喊了几句流氓口号,声音滴溜溜转,嘴里一片牙响,舌头僵冷,喊不出口号来了。往前走,水渐渐淹至大腿根,他的狰狞鸡头缩得如一只蚕蛹,那个过分发达的独蛋儿歪歪地贴在盆腔上,<u>丝丝缕缕扯不断的钝痛</u>。这地方是父亲身上的要害,他遵照爷爷的意旨加倍地尊重它宝贵它,不敢有一点点损伤。没有它老人家就没有我们,这话虽近流氓但确是真理。不啰唆这些尽人皆知之的话。后来它老人家整个儿淹没在河水中了,父亲用一只手捂着它,但感觉不到它的存在了,恐慌与痛苦由此产生。父亲的另一只手拄着棍子,试探着前边的河。水淹至乳下时,他已达河的中央,这是最深的地方,水流因寒冷显得不太湍急,几簇似乎凝固的灰白浪花附着在父亲身体一侧,他移动得很缓慢,岸上的人替他焦急。这时他感觉不到冷,全身似被针扎,甚至有虚假的热乎乎在心里出现。他的眼球冰凉,运动不流利且目光蒙眬,河面上好像有雾但其实没有一缕一丝雾。太阳照在河上照在父亲身上,金色的阳光很美丽很温暖,父亲到达对岸紧接着又涉回来。

上岸时他相当狼狈,手脚并用,身体变成一座拱桥。几个民夫跑过去把他架上来,把一件破棉袄披到他肩上。他双手捂着宝贝,脸相难看至极。许久,他龇着牙,笑着,结结巴巴地说:"操他姥姥个冷。"

小母驴热情地扑上来,用她的毛茸茸紧贴着父亲的凉冰冰。父亲招呼一个民夫,伸手摘掉他头上的毡帽,捂在了自己的小鸡巴上,气得那民夫破口大骂。高密东北乡风俗:摘下别人的帽子象征性地戴在自己的小鸡巴上,是对戴帽人的巨大侮辱,其寓意是:你的头等于我的鸡巴。那民夫上前抢帽子,被父亲避开。民夫骂余豆官,操你二舅你欺人太甚。父亲说,别生气二哥,我冻毁了,哪儿都不冷就这儿冷,你们都是两个蛋,我只有一个蛋,你们冻坏一个还有一个,我冻坏了就没有了,放心放心你的头是你的头,我的蛋是我的蛋,怎么也长不到你头上去,见到解放军我帮你要顶帽子。

指导员忧虑重重地看着父亲，父亲对他摇摇头。民夫们个个神情沮丧，不说话。父亲在阳光下蹦跳一阵，嘴与舌又灵活起来。他把毡帽扔给那民夫，那民夫哭丧着脸，嘟嘟哝哝骂着，把湿漉漉的毡帽挂在车把上晾晒。

父亲提着盒子炮，对原任连长说："伙计，把枪还给你吧，这代连长我也不代啦。"

连长说："我不要，你既然抢了去，你就干到底。"

一个民夫说："豆官，散伙吧，回老家过年。"

指导员掏出枪来，对准那人就是一枪，飕飕一声响，子弹贴着那人的脑袋犁过去。那人哀号一声，双手捂着头，一腚蹲在地上。众民夫骇得目瞪口呆，大气不敢出。

父亲讪讪地说："指导员好大的脾气。"

指导员轻蔑地扫了父亲一眼，冷冷地说："我一直认为你是条好汉子！"

父亲被他说得脸皮发烧。

指导员挥舞着盒子炮发表演说。他的脸上泅出两团酡红，像玫瑰花苞，暂时不咳嗽了，嗓音尖厉高昂，每句话后拖着一条长长的呼哨，如同流星的尾巴。金色的阳光照着他的脸，一时辉煌如画，他的眼里闪烁着两点星火,灼灼逼人。他说:"你们还是些生蛋子的男人吗?解放军在前线冒着枪林弹雨不怕流血牺牲饿着肚子为你们的土地牛马打仗,你们竟想扔下粮食逃跑,良心哪里去了?卸下粮食,一袋袋扛过河,谁再敢说泄气话,我就枪毙谁!"

指导员吭吭吭三声咳,脖子一抻,眼一翻白,嘴一咧,喷出一股鲜血,身体前仰后合,看着就要栽倒。父亲抢上去扶住了他。父亲说:"指导员别生气,运粮过河小意思,俺东北乡人都是有种的,发句牢骚你别在意,气死可了不得。"

父亲瞪着眼喊:"伙计们快脱衣裳快卸车,水不深,好过,冷是冷点,比挨枪子儿舒服多了。不为别的,为指导员这番话,别叫这个小屄养的嘲笑咱。"

民夫们听从号召,匆匆忙忙吸着冷气脱裤子。一会儿工夫,岸边光溜溜赤条条一片,景象非凡。父亲问:"有三个蛋儿的没有?"都笑起来,说没有。然后卸车,扛起粮袋,呼隆隆要下河。指导员大喊:"停住!"

父亲问:"为什么要停住?"

指导员说:"这样干速度慢又不安全,有人摔倒不就把粮食湿了吗?排成两路纵队,一个传一个。"

父亲说:"不行不行,这样不公平!站在河中央的吃大亏了。"

指导员说:"共产党员和希望入党的同志们,跟我到河中央深水里去。"

父亲说:"去你奶奶的那条腿,共产党员长着钢筋铁骨?轮班轮班!"

指导员大踏步往河水中走去,父亲说:"我说二大爷,你在岸上歇着吧,冻死你怎么办?"

指导员坚定地说:"放心吧,我的老弟!"

父亲紧跟着指导员往深水中走,这个黑瘦咳血的骨头人表现出来的坚忍精神让他佩服。父亲感到从指导员脊梁上发出一股强烈的吸引力,好像温暖。指导员背上有两个酒盅大的疤痕,绝对的枪疤,标志着他的光荣历史。父亲往前冲几步,溅起的水使指导员背部扭曲。阳光灿烂,水面上片片琉璃碰撞,清脆玻璃声。他伸手捏住了指导员的手,指导员用迷迷的目光看了父亲一眼。父亲感到指导员的手僵冷如铁,不由得心生几分怜悯。他暗下决心,从今后应该向共产党学习。

两条人链形成,人们摇晃着身子,对面而立,都看到一双双打着哆嗦的灰白嘴唇。民夫们几乎都下了河,岸上剩下一片驴,都伸着颈,眯着眼看阳光,好像在找光线刺激打响亮喷嚏。父亲这时感觉不太冷,舌头和嘴唇很灵活,便高声嚷叫:"上岸去一部分!上岸去一部分!"

民夫们站在水里咬牙切齿,没有动弹,仿佛在一齐赌气。父亲看到了他们的思想,这个思想如几百朵花瓣旋转成一朵美丽的花朵,充实而饱满地悬挂在河道上空。父亲用思想看着它的鲜艳,用思想嗅着它的芬芳,用思想触摸着它润泽的肌体,寒冷和饥饿通通被排挤到意识之外,只有这朵花,这朵奇异的花,还有馨香醉人的音乐。父亲感到自己的灵魂舒展开形成澎湃的逐渐升高的浪花,热泪顿时盈满了他霸蛮如电的黑眼睛。

"王生金、李路、马小三……你们快上去……"父亲把一批民夫驱逐到两岸上。被点到名字的民夫都用恨恨的目光盯着父亲。指导员哆嗦着、求情般地说:"同志们……顾全大局……服从……服从余连长的命令……"

他们不情愿地往河两岸移动,一步三回头,冰河让他们留恋,浪花无声地环绕着他们的身体,太阳的金色瓢泼而下,涂满了河与河中人。

一袋袋小米在人链上运行着,动作迅速而有节奏。父亲沉浸在神圣乐章里,感到六十斤重的米袋轻如鸿毛。这种忘形有形的境界在他日后的冲锋陷阵中经常出现，他用思想代替感官。他的开枪、投弹、拼杀、格斗全靠下意识控制。他打仗像游戏又像梦游，动作优美得要命，所以马师长的望远镜跟着他转，所以马师长击掌而叹：天才！天才的士兵！他不是训练出来的，他是为战争而生的精灵。

众所周知，父亲身材高大，幼年时他吃了大量的狗肉，而那些狗又是用人肉催肥了的野狗，我坚信这种狗肉对父亲的精神和肉体都产生了巨大的影响。他的耐力、他的敏捷超于常人。在河中人链上，他是最光辉最灿烂的一个环节。指导员早已面色灰白、气喘不迭了。父亲立在他的上水，减缓了河水对他的冲激，他依然站立不稳。指导员一头撞在父亲胸脯上，把父亲从梦幻中惊醒。链条嘎吱吱停住。父亲扶住指导员，吩咐身边两个民夫把他送上岸。指导员昏厥过去，没有了挣扎能力。链条闪开一条大空缺，父亲舒开长臂，弥补了空缺。他大臂轮转，动作优美潇洒，一袋袋米落到他手中，又从他手中飞出，一点也不耽搁。父亲大显身手，民夫们赞叹不止。最后一袋米过了河，民夫们竟直直地立在水中，没有人想离开。直到北岸有人吼叫："米运完了，快上来呀！"

父亲说："上去上去，命令你们。"

他伏下全身在水里,带着头往岸上冲,手脚并用,狗刨姿势,打得浪花蓬蓬如树。民夫们怪声吼叫,恰如一群顽童。

上岸之后,父亲领着民夫在岸上跑步,二百根裸体一片黑光,二百根肉棍子很难看。呱唧呱唧满岸响。毛驴"昂儿昂儿"大合唱。

驴叫声把父亲从嬉闹中拉出来,他说:"弟兄们别闹了,快把木轮车行李衣服渡过河,回头来赶驴。"

木轮车漂浮,过河顺利。

毛驴是一种复杂的动物,它既胆小又倔强,既聪明又愚蠢。父亲坐骑的蛋黄色小母驴是匹得了道的超驴,基本上不能算驴。毛驴们畏水,死活不下河,好不容易七手八脚推下去一匹,蹄腿刚一沾水又蹿上来,驴叫人忙,拳头巴掌起落,驴蹄起舞,驴尾巴拧绳子,驴眼里充满恐怖与恼怒,父亲挥舞着盒子炮吼叫:"我枪毙了你们这些驴杂种!"驴们不怕骂,照样调皮如旧。一位民夫说:"余连长,拿这些驴没办法,放了它们吧!"父亲说:"不行,靠它们拉车呢!""它们不过河怎么办?"

父亲眉头一皱,计上心来,说:"有了,快用褂子裤子把它们的眼蒙起来。"衣服已运到对岸,民夫们骂着驴过河取衣服。父亲说:"别骂驴了,骂我吧,怨我指挥不周。"

衣服取回来,一件件蒙住驴脸,驴眼前一片漆黑。有一匹犟驴死活不让蒙眼,用蹄子踢人,还龇着白色大牙咬人,挨了一顿拳头,打得蹿屎汤子,老老实实蒙了眼。

父亲命令:"转圈,拉着它们转圈,转迷糊了这些驴杂种!"

民夫们遵命拉驴转圈,一圈一圈又一圈,不知驴晕不晕人都有些晕。父亲说:"快点快点,趁着晕劲牵它们过河!"

民夫们与驴踢踢踏踏跑下河,驴在水里发脾气,斜跑横窜不走正道,被人抓紧了缰绳。河里好大的水声。

指导员睁开眼,一脸的沙土,嘴角上挂着两线欣慰的笑纹,他低沉地说:"干得漂亮。"

父亲问:"伙计,你可别忙着死,要死也得熬到贾家屯!"

指导员说:"把我搁这儿吧,相信你能把粮食送到。"

父亲说:"胡说胡说,放你这儿喂狗?狗也不愿吃你。"

指导员说:"还有九十里路,别让我拖累。"

父亲说:"拖累个屁,有十一根指头用小车推着你走。"

指导员还在说,父亲不理,蹲下,用绳子把他紧紧捆在鬼子军大衣里,好像一捆秫秸。"把指导员扛过去!"父亲命令刘长水和田生谷。

驴们陆陆续续上了岸,父亲高叫:"赶快装车子,一分钟也不许耽搁!"

小母驴焦灼地叫起来,父亲一招手,她摇头摆尾跑过来,弯曲着身体蹭父亲的肚子。

父亲拍拍她的脖子,说:"黄花鱼儿,该我们过了。"

她点点头,叫了一声。

父亲说:"要蒙眼吗?"

她摇摇头,叫了一声。

父亲说:"河水很凉,你怕吗?"

她点点头,叫了一声。

父亲说:"要我扛你过去?"

她点点头,叫了三声,四蹄刨动。

父亲搔搔头,说:"妈的,随便说说你竟当了真,自古都是人骑驴,哪个国里驴骑人?"

她噘起嘴巴,一副好不高兴的样子。

父亲拍着她,劝道:"走吧走吧,别耍驴脾气了,不是我不扛你,是怕人家笑话你。"

她拧着头不走,嘴里还咕咕噜噜说些不中听的话。惹得父亲性起,攥起大拳头,在她脸前晃晃,威胁道:"走不走?不走送你见阎王。"

她咧嘴哭着,跟着父亲向河中走去。河里的冷气如箭,射中她的肚皮,她翻着嘴唇,夹着尾巴,耳朵高高竖起,好似两柄尖刀。

……

正午时分,运粮队到了一个小村庄。村边一堵光滑的大墙上,石灰水涂出三个雪白大字:马家屯。

队伍停在村中一块平坦的但生满齐膝枯草的打稻场上,指导员跟父亲商量,希望他下令让民夫们休息一会。父亲奔波吼叫半日,早已累了,巴不得歇一歇,立即遵命下令。令下如风吹袭,疲惫不堪的民夫东倒西歪,躺倒在地。驴们也半卧在地上,站着的也垂头耷拉耳朵,没有一点精神,但卧也罢站也罢没有精神也罢,都没忘记就近吃那些枯草,咯咯唧唧一片驴嘴响。

指导员从他那只黑油油的牛皮挎包里摸出了一份皱皱巴巴的军用地图,摊开,指指点点地对父亲说:"马家屯在这里,离贾家屯还有五十里。"

父亲打量着地图上那些弯弯曲曲的线条和大大小小的圆点,眼前一片迷蒙,如同观看天书。上午赶得太猛,汗出汗落,衣服硬如冰甲,冷风一吹彻骨沁髓。他也感到摇摇晃晃,体力不支,想倒头便睡。

经验丰富的指导员说:"余连长,必须把同志们轰起来,这样躺着就毁了。"

父亲便大声喊叫:"起来起来,不要睡,活动活动筋骨马上赶路。"

他听到自己的声音软绵绵的,失去了张扬之力。民夫们没人动弹,横躺竖卧,犹如一地僵尸。这种僵尸状态对父亲产生了强烈的诱惑,他对指导员嘟哝了一句什么,耳边隐隐约约的一声闷响,好像倒了一堵墙壁,一阵骨肉解体般的舒适感把父亲浸泡了,他知道自己也躺了下去,成了一具活僵尸。大地团团旋转,冬天的阳光好像轻柔的红绸,在天地间拂来拂去。父亲听到了微风吹拂草尖梢的声音与远处的滚滚雷鸣,大地微微颤动,旋转着,冰冻的土地放出新鲜的清冷味道,醉人芳香。他再也不想起来了。

指导员焦灼万分,激情燃烧着他腐烂的双肺,火苗上升,脸潮红如酒、如血。他轰赶着民夫们,嘴骂,脚踢,但张三刚起,李四又倒,来回奔命,使指导员近疯似狂。他清醒一会,从挎包里掏出一撮烟末,撕一角地图卷成喇叭筒,点火抽起,青烟袅袅一分钟,一阵剧烈的咳嗽便淹没了他,一直咳得脸色蜡黄,口吐鲜血方止。至死不渝的信念发挥着不可思议的神力,使这个奄奄待毙的瘦骨头共产党员不肯躺下死去。他的脑筋清晰如图画,知道"擒贼先擒王""纲举目张"的道理,要轰起民夫连,首先要轰起我父亲。

指导员捏着一撮烟末,塞进父亲鼻孔眼里,见没反应,又塞进一撮。父亲皱眉张嘴,打了一个响亮的喷嚏,吓了指导员一跳。指导员用一根草棍拨弄父亲鼻孔里的毛,拨出一连串大喷嚏。父亲从迷糊中清醒,坐起来,看着指导员。

指导员双眼流泪,哭着说:"豆官,我的好兄弟,求求你,想办法把弟兄们弄起来,离贾家屯只有五十里了,就是爬,我们也要爬到!"

父亲想不到共产党的干部竟然会哭、会流眼泪,这刺激如一针吗啡,驱赶着他的麻木与倦怠,脑子里一声脆响,他一跃而起,说:"指导员,冲着你,我也要把民夫连带到贾家屯!"

指导员说:"我下决心了,拿出三袋小米,一百八十斤，煮几锅干饭，让同志们吃饱。"

父亲说："不行，咱不能'明天要立贞节牌坊今夜偷汉子'，我到村里去看看，能不能找条狗。"

指导员从皮挎包的夹层里掏出一只小玻璃瓶，拧开盖子，把两颗乳白色的小药片倒在掌心里，郑重地说："这是两片美国药，是我们老八团政委临牺牲前送给我的，他让我在危急关头吃下去，为了把军粮送到贾家屯，你把它吃了吧。"

"什么仙丹？"父亲问。

指导员说："我也不知道。"

父亲说："你是不是想把我毒死？"

指导员哭笑不得地骂一句。

父亲说："我不信你的话。要不，咱俩各吃一片。"

指导员掐起一片药，扔进了咽喉。

父亲也掐起一片扔进了咽喉。他吧咂着舌头，说："不咸也不淡，虱子大一片药，能有什么用？"

指导员说："待会儿你会感到精神头儿格外足。"

父亲说："就算这是块砒霜，也毒不倒我。"

指导员说："不要不相信化学。"

父亲说："你说吧，咱该怎么办？"

指导员说："把同志们叫起来，搞点东西吃，烧点水喝,立即出发,争取今夜赶到贾家屯军粮储运站。"

父亲说:"叫是叫不起来了,用锥子扎吧!"

指导员说:"再让我试试,实在不行你就扎吧。"

父亲从小车上找来一根锐利的缝包针,放在鞋底上蹭着。

指导员支撑着站起来,掏出盒子炮,"啪啪啪"放了三响,趁着民夫们惊吓初醒的机会,他抖擞精神,高声喊道:"共产党员们,不能再睡了,党考验我们的时候到了!斯大林同志说:共产党员是用特殊材料制成的呀!如果关键时刻不带头,要我们这些党员干什么?共产党员们,为了彻底消灭国民党军队,为了保卫解放区,保卫胜利果实,起来呀……"

指导员的声音一声比一声嘶哑、低沉。父亲心里说:"算了吧,你喊话一千句,不如我一锥子!"他有些同情地看着这个坚决的共产党和倒在枯草里的共产党员们。父亲是非党的群众,但清楚地知道民夫连的共产党员是谁。他是从持枪与会议上判断出来的。民夫连有十二条长枪、两支盒子炮。原任连长和指导员是理所当然的共产党,十二个持有武装的民兵自然也是共产党,枪杆子永远握在党的手中。这十几个经常凑堆儿开会,神神秘秘的。"共产党开会,国民党抽税。"真是不假。父亲摸摸腰间的匣枪,心里感到很痛快。指导员继续嘶叫着,父亲想劝他停止,没及张嘴,一个奇迹出现了,那十几个持有武器的民夫和原任连长像笨拙的大虫一样,缓缓地、痛苦地支撑着疲惫不堪的身体,坐起来,站起来,向指导员靠拢,其中有父亲的随从马前田生谷和马后水长刘。他们一个个前倒后倾,身体重心不稳,仿佛一阵微风便能吹倒。父亲好奇而崇敬地看着指导员那张丑陋的嘴:干枯裂皮的嘴唇和被肺火烧黑的牙齿,但这张嘴里吐出的嘶哑难听的声音却像神的咒符一样,把十几个鞭子抽不醒的人唤了起来。他越来越感觉到共产党的厉害。民夫连指导员是父亲碰到的第三个令他佩服的共产党员,第一个是胶高大队的大队长江小脚。

指导员向他的党员们灌输着力量,父亲却拿着缝包弯针去扎昏睡的民夫。在长期的斗争生活中,他掌握了一定的医学知识,所以他的针扎的都是既痛又能令人神志清醒的穴位,如人中、十宣之类,绝不是无目标的盲目乱扎。针到人叫,叫声痛苦,痛苦混在无可奈何里,像万绿丛中一点红,格外鲜艳,格外醒目。民夫们一排排跳起来,你看看我流血的唇,我看看你流血的手指,不知道该骂谁。

指导员站在一辆小推车上,挂着棍子,沙哑大叫:"同志们,快点清醒啊,我们钢铁第三连,个个都是英雄好汉,浩浩荡荡出了山东,淮海战役立大功,立了大功都可以脱产当干部,区长、村长任大家选,最后的时刻,谁也不许草鸡!"

父亲喊:"谁草鸡谁是大嫚养的私孩子!谁草鸡生儿子没蛋子!"

指导员说:"同志们,赶快收拾车辆,埋锅烧水,连长带人进村里打吃食,放驴吃路边草,一小时后出发,赶到贾家屯吃羊肉的大包子,喝大米稀饭!"

父亲招呼着刘长水和田生谷,各把枪攥在手,虎虎往村中走。村庄破败,与沿途所见相同。街道上丛生着人头高的枯萎黄蒿,草如葵花秆子粗,不像草像树,风吹草动,种荚响声如小铃。街道中央有一脚路,标志着村里还有活人。时有一只癞皮猫从枯草中蹿起,上墙或者上树,猫眼碧绿,咪呜一叫,鬼气横生。父亲想开枪打猫,又怕浪费子弹,便捡起砖头砸猫。他们趑进几户人家,见门窗拆除,草比房檐还要高。怵怵地喊叫几声,无人回答,但屋子里有响动,大着胆闯进去,即有一群红眼大老鼠疯狂扑来,一个个腾跳人高,唧唧怪叫,吓得三人慌忙逃出。街上草中,时有一架架白骨,虽是冬天,但依然邪臭扑鼻,令人欲呕。

刘长水说:"到这里来找吃的,简直是活见鬼!"

父亲说:"是活见鬼。"

村中央有一栋大建筑,虽也颓败但相对完整,鱼鳞小瓦翻成飞檐,好像一座庙。父亲闻到一股热腥的味道,便说:"进去看看,兴许能打几只狐狸、狗獾。"

父亲提着拉开机关的匣枪在前边开路,刘、田紧攥着"老汉阳"随后,恰成一个三角小分队。进了大门腥味更重,大厅里黑咕隆咚。猛冲进去,没有什么冲出来,只有一片喘息,细看时,却见地上或躺或坐着一群人,全是老弱妇婴,约有四十余条,一个个不成人形,有的脸如铜盆,肿胀得透明;有的瘦得皮包骨头,奄奄待毙。

父亲嗟呀不止,把枪插入腰间,搓着手,连连倒退。

一个水肿的人,用手指掀起肿成一线的眼皮,打量着父亲和刘、田。一丝细声响起,是那人的话。父亲侧耳细辨,听到他说:"长官……长官……可怜可怜吧……给口吃的……"

那人的身体如一条肥嘟嘟的大蛆,缓慢地移动起来,父亲捂着嘴巴,冲出庙门,跑上街道,胃里的酸水咕咕上冲，吐了两口在蒿草上。

刘、田也跑出来，呸呸地吐着唾沫，骂一些很难听的话。

父亲和刘、田空手而回，对民夫们刺激不小。烧水放驴的都缓慢了手脚。驴们却大口地吃着枯草。父亲的小母驴忧心忡忡地左顾右盼，唯有她吃草不够生猛。

指导员痛苦地说："下米！吃军粮吧！"

司务长扑向米袋，被父亲一把拉住。

父亲说："不能吃军粮，杀驴吃吧！"

民夫们激烈反对着父亲，他们的理由是：道路早被踩翻，半泥半浆，没有毛驴拉车，寸步难行，这是一。毛驴都是有主的，杀了回去没法交待，这是二。

父亲拗劲上来，说："不杀你们的驴，杀我的坐骑。"

他看了一眼那匹正在含情脉脉地望着自己的蛋黄色小毛驴，心里感到一阵抽搐，那只独蛋儿猛地缩了上去，丝丝拉拉的钝痛产生出来。

一位中年民夫抢上来，抓住小母驴的缰绳，说："这驴是俺七婶的，你不能杀它。"

父亲说："倾家荡产，支援前线，什么七婶八婶的。"

民夫道:"这驴是俺七婶的命根子,像女儿一样。"

父亲说:"女大要出嫁。我骑着她,就是我的。难道杀老婆还要向丈母娘汇报吗?何况本来这条驴,还是分了人家财主的,杀杀杀,为了保卫胜利果实。"

小母驴伸了舌头舔父亲的衣角和手,泪水汪汪,弄得父亲心里酸溜溜的不是滋味。他从真心里希望她咬人、尥蹶子、发疯发狂反抗暴政,绝对怕她一味温顺、不反抗、摆出一副慷慨赴死的架势,这使父亲心中烦恼,手脖子发软,端不动枪杀母驴的盒子炮。

父亲听到蛋黄色小母驴说:"我生为你生,死为你死,死而无憾,你开枪吧!"

当然在不通晓驴语的民夫们耳朵里,听到的只是"昂儿昂儿"的驴叫声,不过凄清点罢了。

父亲说:"不是我要杀你,是革命要你的肉吃。"

驴说:"我的肉只给你吃,不给革命吃。"

父亲说:"你这伙计,整个一个文盲,革命不是人,是革命。"

驴说:"是不是人我不管,反正不许你把我的肉喂革命。"

父亲说:"好好好,听你的。"

驴说:"让我再看一眼。"

父亲说:"看两眼也行。"

驴说:"其实我不想死,熬过了冬天就有嫩草儿吃。"

父亲说:"实在没办法了,要不我怎么忍心杀你。"

驴说:"我理解你,为了保卫老百姓的庄稼地,开枪吧!"

父亲泪眼模糊,掏出匣枪,顶上火儿。

驴说:"要我喊句口号吗?"

父亲说:"喊吧。"

蛋黄色小毛驴高声鸣叫着,声音洪亮婉转,响彻天空和大地。父亲举起枪口,瞄准了驴的宽平的额头,咬牙一勾枪机儿,噼啪一声微响,子弹并没出膛。父亲发了一分钟愣,才悟过来,原来碰上了一粒臭火。

驴说:"你不要折磨我啦!"

父亲说:"不是故意的。"

民夫们呆愣愣地看着父亲退掉臭火儿,把一颗新鲜子弹顶上膛。耳朵们都待着一声脆响,眼睛们等着看毛驴倒地。父亲却不慌不忙地退出那粒屁眼儿崭新的子弹,盒子枪插进了腰里。他的行为使民夫们感到纳闷。指导员也有些不高兴,批评道:"时间紧张,你搞什么鬼名堂?"

父亲说:"我不愿充当杀驴凶手,这活儿都是替共产党干的,要开枪你们共产党开。"

指导员严肃地驳斥父亲:"你这话根本错误,共产党是为人民谋幸福,不为自己谋利益,即使革命胜利后,我们也不要一亩地。"

驴说:"别人杀我我不干!"

父亲无奈,扯过一支三八大盖子枪哗啦一声推上子弹,按倒钢铁大栓,闭眼勾扳机,叭——勾一声响,驴头开了花,驴脑子迸裂,驴血一脸。驴尸立着,约有半分钟,才倾斜歪倒。父亲把大枪扔还民夫,转脸走到一边去。

指导员命令:"快剥皮,开膛,快把锅里水煮沸,谁也别闲着,剥驴的,弄草的,打水的,拨火的,时间不等人,一小时后准时开拨!"

民夫们见有驴肉吃,精神头上来,忙忙碌碌,好像一窝蚂蚁。灶下的火熊熊,灶边草成堆。开膛的民夫怪叫一声,问其原因,他说驴的心脏烫手。

……

这是一匹很嫩的驴,所以驴肉进锅半小时后,锅里溢出了扑鼻的香气。如果是匹老驴绝对不会这么快就有了香气。灶里的火非常旺,因为这就地挖的野灶灶膛很大,通风良好,拢柴的民夫从临近的破屋上拆来了干裂的木料,正是干柴烈火。民夫连有三口行军大锅用。"钢铁第三连"军事化程度高,走的路线艰险,所以有锅。这些锅是缴获国军的,是美国货,轻便,传热快,据说煮出肉来不如中国锅煮出来的香。这些话都是父亲说的。

他把母驴枪毙了,心里若有所失。民夫们一齐忙碌,他却在场院里绕圈子。枯草被他的脚踩断发出细微断裂声,枯草与他的腿摩擦发出塞塞窣窣声。有一会儿灶里的火曾经蔓延出来,引着了近处的野草,被民夫们一顿乱脚踏熄。南风微微吹,阳光当头照,天气比早晨过河时温暖了好多,虱子在身上活跃起来。父亲再次听到南方的枪炮声,闻到硝烟火药味。尽管驴肉香味浓烈,但绝对压不住硝烟火药味,因为它深刻,它沁人骨髓。后来,让父亲终生感到不愉快的事情发生了:从那条蒿草没人的大街上,团团簇簇一群黑物滚过来,父亲马上猜到,这是大庙里那几十名快要饿死的饥民。是煮驴肉的香味把他们吸引了出来。后来父亲也体验过:饿急了的人对味道极端敏感。

饥民似滚非滚似爬非爬,他们嗅着味道前进,速度很快,直逼驴肉锅。父亲几步跳到民夫们中间,高叫:

"注意,抢肉吃的来了!"

驴肉在锅里颤抖着,汹涌的乳白浪花在肉的缝隙里蓬蓬上升,香味十分猛烈。指导员用刺刀戳一块驴肉,一戳冒血水,不熟。指导员命令共产党员持枪站成一队,刺刀上好雪亮十把,一条线样闪亮,迎着眼前滚到锅边来的饥民。指导员同时命令民夫把火势再加猛,争取十分钟后把驴肉挑出来,分到每个人手里。

父亲在大庙里见过的饥民们被刺刀挡住了。他偷偷数了一下,共有四十二名。在大庙里父亲并没有十分看清他们的面容,现在看清了。父亲摇着头,不愿对后代儿孙描绘饥民们可怕形状。他说当头的一位饥民是位高大的妇女,她肿得像一只气球,腹中的肠子一根根清晰可见,仿佛戳她一针,她就会流瘪,变成一张薄皮。她站得很稳,由于地球的吸引力的作用,她身上的水在下部积蓄很多,身体形成一座尖顶水塔,当然上部水较之常人还多。四十二人中患水肿病者都如他们的领袖一样稳当当地站着,不患水肿者都站立不稳硬要站,于是晃动不止。有几个孩子头颅如球,身体如棍,戳在地,构成奇迹。饥民女领袖用木棒把自己的眼皮挑开,贪婪地盯着沸腾的驴肉。饥民们都拼命地抽动鼻子,饱含着营养的驴肉空气源源不断地进入他们的身体,使他们逐渐增长着精神头儿。

那女人说:"长官……老总……可怜可怜……我要死啦……"

持枪民夫毫不客气地把刺刀晃动,寒光跳动,威胁饥民。饥民们有些骇怕,但终究难抵肉香诱惑,挤成一团,一步步往前逼。

"停住!"持枪民夫喊,"再走就要开枪啦!"

然后便是哗啦哗啦拉动枪栓的声音。

指导员猫着腰跑到持枪民夫前,与饥民的女领袖对面谈判:"老乡们,我们是共产党的民夫连,是为解放军送军粮的,我们也三天没吃饭了。"

女领袖扒着眼,目光从指缝里射出,有红有绿,有些恐怖。她步步逼近,指导员步步后退。

指导员后退着说:"把驴肉给你们吃,我们就推不动车子,完不成任务了。"

退到不能再退时,刺刀和盒子枪口抵到了饥民的胸脯上。饥民队里突然爆发了尖厉刺耳的号叫。指导员的枪跳动了一下,冒出一缕青烟,饥民女领袖的胸膛崩裂,一股黄的液体迸溅出来,黄里夹着几丝红。

女领袖沉重地倒了。在她身后的一个小瘦孩被她的躯体碰烂了骨骼。饥民们呼叫着后退。后退十几步,就停住,团团簇簇一起,对着驴肉张望。

父亲看到指导员枪口冒出青烟那一刹那,心中生出一种复杂情感,似怒不是怒,似痛不是痛。他对这位丑陋得没了人形的妇女没有一丝好感甚至很厌恶,但看到她的身体沉重地往后仰倒时,无限的怜悯在父亲心里爆发了。几个月来产生的对共产党的好感被指导员一枪打碎了。

父亲揪住指导员胸前的衣襟,死劲晃动着,晃得指导员前仰后合,双腿拌蒜。他低沉地吼叫着:"为什么要打死她?为什么?"

指导员呼呼喘息着,然后便剧烈咳嗽,豆粒大的汗珠子布满脸庞。父亲松开手,指导员一屁股坐在草地上,腰弓着,像一只大对虾。随着几声尖锐如鸡鸣的咳嗽,他的嘴张圆,脸皮色泽如锡箔,一股绿油油的血喷出来。

一位民夫跪下,为指导员捶背。

持枪民夫都用怪异的目光盯着父亲看,父亲辨别不出这些目光里包含着的内容,他感到背后发凉,心里感到恐惧。他恍惚感到,十几把刺刀缓缓地对自己逼来,刺刀代替着一种严肃得可怕的力量,和自己对抗。父亲感到软弱异常,汗从脚心里流出。这是他的幻觉,持枪民夫都僵硬地立着,脸上表情麻木。唯有跪在指导员身旁那个民夫脸上的表情鲜明地标志着痛苦。

驴肉的香气愈加浓重,锅里的水变成了混浊的汤。鹰在低空盘旋,太阳很小也很扎眼。有一位民夫从锅里挑出一块驴肉,几口吞下去,烫得他伸脖瞪眼。其余的民夫正要动手抢肉时,父亲及时地想起了自己的职责。他拔出盒子炮,凶狠地说:"不许动!谁敢抢打死谁!"

几位嫉妒的民夫用木棍戳打那位抢吃了一块驴肉的民夫。

父亲吩咐司务长安排分肉,然后再由各排排长分到各班去。在父亲的霸道领导下,排长班长名存实亡,今日分肉,才发挥功能。那十二个持枪民夫,大小都是干部,要他们参加分肉,必须撤销防线,而饥民们又在向前移动。

父亲动脑,智谋产生。他命令民夫们往驴肉锅里倒了几桶冷水,降低驴肉温度,然后让司务长把驴肉分成大小相等的四份。司务长很会照顾领导,为父亲和指导员留出最好的肉,自然也有他自己的份。

父亲命令持枪民夫对空各鸣一枪,吓得那群饥民又退了三五十步,然后一声令下,那十二个民夫便跑到锅旁,卸下刺刀,快速切肉,民夫们都睁圆眼睛,盯着刺刀和驴肉,他们都生怕驴肉分割不均匀,又盼望着分割不均匀。父亲看穿了民夫们的心思,大声说:"不要在乎大小,吃点填填肚子就行了,吃不饱汤灌缝。"他的话刚完,民夫们便呼啦啦挤成几团,一片呼哧声夹杂着骂声。然后,都站起来,低着头,双手捧着肉,生怕别人夺去似的,一个劲儿往嘴里塞。他们的腮鼓起来,有的鼓左边,有的鼓右边,有的两边都鼓。二百张嘴巴一齐咀嚼,汇合成一股很响的、黏黏糊糊的响声,这声音使父亲感到厌恶。他的眼前浮动着小母驴那生动活泼的可爱形象。他用半扇葫芦瓢盛了一些热气腾腾的驴肉汤,送到指导员嘴边。指导员还昏迷着,但他的嘴却被驴肉唤醒了。父亲端着瓢,看到肉汤激烈地灌进指导员的咽喉,一瓢汤灌进,指导员睁开了眼睛,父亲招呼司务长,快把肉拿过来!司务长捧着肉跑过来,父亲说:"你喂给他吃吧。"司务长说:"连长,您不吃吗?"父亲挥挥手,说:"我不吃!"

他一人担当阻拦饥民的重担。女领袖确实淌瘦了,圆月般的胖脸变得很长很长,嘴唇也缩了上去,龇出了黑色的破碎牙齿。他尽量不去看她,但她具有强大的吸引力,诱惑他看,每看必厌恶,必胃肠翻腾。他吐出了一些很苦的胃液。他高举匣枪,对着饥民头上一尺处射击两次,把逼近的饥民又轰了回去。在他身后,犹如风卷残云一般,民夫们吃光了驴肉,啃光了驴骨头,吸干了骨髓,喝光了煮驴汤。民夫们倦倦地打着水嗝,有一位十八岁左右的夫子在哭泣,原因是别人抢吃了他的一部分驴肉。

司务长用一把干净的白茅草裹着一块驴肉,悄悄地父亲说:"连长,这是你的。"

父亲看,那块肉足有四个拳头大,比一般民夫所得要多出一倍,于是他从又一个侧面了解了当官的好处。

他说:"我不吃,你把它好好拿着,路上有用。"

指导员恢复了精神,站起来,对父亲说:"余连长,下令前进吧!"

父亲说:"伙计们,咱们驴也吃了,人也杀了。杀驴说是为解放军送军粮,杀人又说是为解放军送军粮。咱要是送不到军粮,那就连王八蛋都不如!走吧,好汉吃驴肉,孬种吃鞭子!"

民夫们套驴架车,动作十分迅速。父亲找了一把斧子,剁下了连接在驴皮上那条驴尾巴,薅一些细草擦干净尾巴上的血迹,攥在手中,来回挥动,挥出一溜风响。

车队开拔时,已是日过中午两竿子,日光浅淡了许多,白光变成金黄光。毛驴屁股被打,夹着尾巴跑,木轮小车被拉着跑。车辘辘发出吱悠吱悠的响声。近百辆木轮车齐声吱悠,尖锐中透出雄壮,对神经有刺激,对革命有贡献,有一辆陈列在淮海战役纪念馆里。车队沿着生草的街道,匆匆穿过村庄,把饥民和驴皮抛在后边。

父亲没了坐骑,不得不徒步赶路。指导员坚持不坐小车,与父亲并肩而行,驴前田驴后刘尾随在后,威风大减。

车队出了村庄,便踏上了艰难征途。狭窄的道路早被车轮和马蹄踩翻,早晨结了层冰,中午融成稀泥,驴蹄打滑,车轮扭动,推车人扭秧歌。父亲跑前跑后,挥动驴尾巴打人脊梁,一边打一边骂,他的脾气变得很坏。

就这样跌跌撞撞前进了两个小时,估计赶了十几里路程,冬日天短,太阳已进入滑坡阶段,金黄色也渐渐被血红色代替,又赶了半点钟,民夫连人困驴乏,全部汗水流尽,无可奈何黄昏降临了。车队前进速度大大减缓,驴屁股尽管连遭打击,但驴们已被打疲了。它们低着头,伸着脖子,肚皮和四肢上沾满污泥,连最愉快的驴也愁眉苦脸。

父亲一下午不停地挥动驴尾巴,胳膊肿胀,但精神头儿还有,于是他想起了指导员送给的那片白色药片,一定是它发挥了作用。太阳很大,挂在了黑色的林梢上了,它已停散热量,大地放出冷气,汗湿过的衣服冰凉地贴在背上,父亲打了一个寒噤。战场上火光在南边闪烁,燃烧他,焦躁他,他叫着:"不许停顿,快赶,只剩下二十里路了!"叫着,骂着,队伍的前进速度照样如僵蛇过路。怒从心头生,他舞着驴尾,逢人打人,逢驴打驴,呱唧呱唧的皮肉声中,夹杂着民夫的哀号。

终于,反抗开始了。一位四十多岁的中年夫子脊梁上挨了父亲的驴尾之后,便猛地摔掉了车把子,直起腰来,伸手抓住了驴尾巴。他的双眼喷吐着仇恨的光芒,脸庞痛苦地扭曲着。

父亲说:"你要干什么?"

中年夫子道:"豆官,你当了豆大一个官,就这么霸横,都是爹娘生的皮肉,你打一遍也罢了,不能翻来覆去打!"

父亲说:"为了送军粮,挨点打算什么?"

那夫子一把扯过驴尾,在手里调换一下,抡圆了,抽了父亲的脸一下。

父亲忍痛不住,手自动捂脸,嘴自动出声,"哎哟"

一声后,说:"还真痛!"

父亲夺回驴尾,别在腰里,大声说:"弟兄们,我错了,我不打你们了。大家说怎么办?剩下二十里路,要么我们咬咬牙熬到,完成任务,吃米吃肉,要么在这里等死。"

指导员拼着命滚下车子,鼓动着民夫。

沉沉暮气中,民夫们都铁青了脸。

父亲从司务长那里要来了自己那份驴肉,高举着,说:"这是我那份肉,大伙儿每人吃一小口。"

驴肉在人手上传递着,传到尽头,还剩下驴粪蛋儿那么大一块,父亲很感动,把那块肉给了那位中午分肉时吃了亏的小伙子。

指导员坚持不坐车子,拄着棍子,与父亲并肩行走。民夫们鼓起了最后的力气,推着车子,帮毛驴拉着车子,向着火光前进。

天越走越黑,路却渐渐变硬。半夜时分,不远处的天一片红光,照耀着地面和队伍。爆炸声不断传来,夜空中有飞机的轰鸣,道路两边的田野里,影影绰绰有人影活动,指导员兴奋地说:"同志们,努力啊!"

民夫们没人吭气,跟着感觉走。

终于,他们看到了那个大村庄,看到了村庄里闪烁光明的风雨灯。

民夫连到达村头路口,听到了一声响亮的喝问:"站住,你们是干什么的?"

指导员用他能发出的最大声音回答:"我们是渤海民工团钢铁第三连,为解放军送军粮来了。"

岗哨揿亮一支手电筒,一道光柱扫过来。

岗哨问:"你们应该把军粮送到储运站呀。"

指导员问:"这不是贾家屯吗?"

岗哨说:"你们早过了贾家屯啦,往回走吧!"

父亲大怒,骂道:"混蛋,我们快累死了,你还让我们推回去。"

岗哨说:"你这老乡,怎么张口骂人呢?"

父亲说:"骂你怎么啦,我还要揍你呢!我们千里迢迢从山东把粮食推来,你敢让我推回去!"

父亲抽出驴尾巴就要往前冲,几个岗哨哗啦啦推上子弹,厉声喊:"站住,再走就开枪啦!"

指导员一把拉住父亲,低声说:"不要胡闹!"

这时,几个骑马的人从村子中跑来,马蹄嘚嘚,说明村里街道平坦而坚硬。一个骑马的人问道:"怎么回事?"

岗哨向骑马的人汇报:"报告首长,有一个从山东来的民夫连，走过了军粮储运站。"

几个骑马的人从马上跳下来，走到父亲和指导员面前，问道："谁是领导？"

指导员跨上去，一个立正，说："报告首长，我是渤海民工团第三连指导员！"

首长问："车上运了什么粮食？"

指导员说："六万斤小米，颗粒无损！"

首长说："好啊！山东人民好样的！刘参谋，你回去找一个向导，把他们带到军粮储运站去。"

首长握了握指导员的手。

父亲愤怒地说："你这首长不够意思，我们一路拼命，饿得半死也没动一粒军粮，都说见了解放军吃顿饱饭，可你连口水也不让我们喝就要赶我们走！"

首长怔了怔，问："你们还没吃饭？"

父亲说："我们三天没吃饭啦！"

首长道："刘参谋，带民夫同志们到村里去，赶快让炊事班搞饭吃！"

父亲说："这才像个首长样子！"

那首长笑着说："小伙子，你好大的胆子！"

父亲说："不是我吹牛，首长，十四岁时我就打死过日本鬼子一个少将。"

指导员说:"豆官,不要放肆!"

那首长说:"哟,不简单!刘参谋,带他们进村!小伙子,明天我找你问话。"

首长跨上马,向火光闪烁的地方驰去。

(初刊于《花城》一九九〇年第一期)

图书在版编目(CIP)数据

梦境与杂种/莫言著.—杭州：浙江文艺出版社,2020.5
(2024.3重印)
ISBN 978-7-5339-5995-1

Ⅰ.①梦… Ⅱ.①莫… Ⅲ.①中篇小说-小说集-中国-当代 Ⅳ.①I247.5

中国版本图书馆CIP数据核字(2020)第021230号

策划统筹	曹元勇
责任编辑	王丽荣
文字编辑	易肖奇
封面设计	人马艺术设计·储平
责任印制	吴春娟

梦境与杂种
莫言 著

出版	浙江文艺出版社
地址	杭州市体育场路347号 邮编：310006
网址	www.zjwycbs.cn
经销	浙江省新华书店集团有限公司
印刷	上海中华商务联合印刷有限公司
开本	787毫米×1092毫米 1/32
字数	145千字
印张	9
插页	4
版次	2020年5月第1版
印次	2024年3月第2次印刷
书号	ISBN 978-7-5339-5995-1
定价	49.00元

版权所有 侵权必究
(如有印、装质量问题,请寄承印单位调换)